어떤 밤은

식물들에 기대어

울었다

어떤 밤은

식물들에

기대어 울었다

이승희 지음

까칠하지만 여린 시인과

예민하지만 너그러운

식물들의 동거동락

폭스코너

~

프롤로그

식물은 숨어 있기 좋은 방이었다. 그것은 여러 가지 의미에서 모두 그랬다. 식물은 내가 그렇게 세상으로부터 밀려나거나 단절되었다는 생각으로 외로울 때, 저의 연두를, 저의 연두색 손가락을 건네주었다. 어떤 폐허스러운 마음일지라도, 어떤 외로운 얼굴일지라도 거절하지 않았다.

나의 삶은 근사하지 못했다. 대체로 견디는 쪽에 서 있었다. 나 없이도 세계는 날마다 환했고, 나 없음이 더욱 선명해지는 그런 날들을 자주 바라보았다.

그런 날은 꽃집으로 식물을 보러 갔다. 이름 모르는 식물 앞에서 사는 게 이런 거냐고 물었다. 이런 게 아니지 않느냐고 오래 묻곤 했다.

괜찮다. 괜찮아진다. 언제나 그렇게 말하는… 연두는 그런 힘이 있다.

그런 날 작은 화분에 담긴 더 작은 식물 하나를 가슴에 안
고 돌아왔다. 몇몇은 죽었고, 몇몇은 아직 내 곁에 남았다.
내 기억 속의 식물들은 대부분 그렇게 내 생의 기록과 같
다. 하나의 식물 속에는 그 식물을 데려올 때의 마음과 데
려오려고 마음먹게 한 어떤 사연들이 있다. 그래서 내가
키우는 모든 식물들은 대부분 어느 날의 내 마음들이다.

그중에는 아직 아픈 것도 있고, 그리운 것도 있고, 달아나
고 싶은 기억도 있다.
이것은 아마 앞으로도 그럴 것이다
그렇게 식물들은 하나둘 늘어갔고 늘어갈 것이다.

식물에게 시를 읽어주고, 라디오를 들려주고, 비가 오면
비를 맞혀주면서 나는 아주 식물이 되었으면 좋겠다고 생
각한다.

나는 유별난 식물 집사이길 원하지 않으며, 우리 삶에 있
어 식물이 엄청 거창한 거라는 이야기를 하고 싶은 마음도
없다. 어차피 그것은 다들 각자의 마음에서 정할 일이다.

6

그래도 하고 싶은 말이 없는 것은 아니다. 식물을 키우면 식물에게 말없이 배우게 되는 것들이 있다. 그것이 위로일 수도 있을 테고, 슬픔의 모양일 수도 있을 것이며, 그냥 일상이 가득한 우리 삶의 다른 모습일 수도 있을 것이다.

아니다, 이 또한 나의 허영일지도 모른다. 그냥 연두색 얼굴을 한 친구를 하나 사귄다고 생각하면 좋겠다.

그런데 이 친구가 당신을 어디로 데려갈지 모른다. 그래도 한번 같이 가보자고 한다면 그것이 바로 '반려伴侶'이다. "생각이나 행동을 함께하는 짝이나 동무." 그런 반려라면 서로에게 숨을 수 있는 방이 되는 일도 즐거운 일이 되지 않을까 싶은 것이다.

넌 좀 더 행복해져도 괜찮은 사람이야, 그렇게 끊임없이 말하는 수다스럽지만 사랑스러운 연두의 진심을 만났으면 하는 마음이다.

2021년 새봄에
이승희

차례

1부

/

같이 살아요,

우리

데려온다는
말

데려오다(타동사) / [(명)이 (명)을 (명)에게/(명)에][(명)이 (명)을
(명)으로] (사람이 아랫사람이나 동물을 어디에) 함께 거느리
고 오다. (국어사전)

이렇게밖에 쓸 수 없는 걸까? 데려온다는 말에 얹혀 있는
마음이라기에는 너무 단조롭고 건조하다. 뭔가 부족하
다. 많이. 우리가 데려오는 것들을 생각해봐도 그렇다. 사
람이든 사물이든 그것을 자신의 공간 속으로 함께 들여
온다는 것은 나의 부분들을 고스란히 드러내는 것이다.

식물도 '데려온다'고들 한다. 나 역시 그렇다. 그리고 식
물을 데려와서 함께 살아가겠다는 말이기도 하다. 그것
이 집이든 사무실이든 크게 다를 게 없다. 데리고 온다는
말은 그러니까 내가 있는 곳에서 함께 살자는 말이고, 그

건 돌봐주겠다는 마음이다.

돌보다(동사) / 보살펴 부양하거나 수발하다. (국어사전)

이 말은 그래도 조금 낫다. 보살펴 수발하다. 응, 그래.
그러니까 데려온다는 것은 돌봄에 대한 마음의 결의가
순하게 자라고 있다는 것이다.
그러니 두 말은 좀 붙여서 쓰는 게 좋겠다.

데려와 돌봐줄게.

그래, 이제 마음이 조금 좋아진다.

사실, 돌봐준다는 건 나 역시 돌봄을 받는다는 말에 다르
지 않다. 무엇인가에 마음을 준다는 것은, 그렇게 마음의
흐름을 갖는다는 것은, 그것 자체로 둘 사이에 시냇물 같
은 게 생기는 거니까.
그게 한쪽으로만 흐른다 한들 서로 닿아 있다는 말이니
까. 거기에 발목도 담그고, 얼굴도 비춰보고, 안부도 전하
면서.

난 그런 걸 참 못하며 살았다. 아니, 지금도 그러하다. 나이가 들어가면서 그것이 점점 더 부끄럽다는 생각이 든다.

집에 있는 식물들 모두 그렇게 데려온 아이들이다. 몇몇은 누군가 데려다준 것이기도 하다. 그러나 그 또한 다르지 않다. 식물을 우리 집으로 데려다준 사람의 마음은 같은 거니까.

처음에 데려온 아이들은 대부분 어느 꽃집에서 어떤 마음으로 데려왔는지를 다 기억했었는데, 식물의 가짓수가 많아지고 요즘은 인터넷으로 주문을 하기도 하다 보니, 데려올 때의 마음이 생각나지 않는 경우도 있다.
하지만 데려온 것이고, 데려왔으니 돌봐주어야 한다.

그렇게 생각해보면, 돌봐준다는 말도 조금 일방적이라는 느낌이다. 식물을 키우며 드는 생각은 분명 그렇다. 보살펴 부양하거나 수발하는 건 분명한데, 그것은 일방적인 내 입장인 셈이다. 그 아이들은 집에서 무위도식하지 않는데 말이다.

새삼, 모든 관계는 주고받는 거야, 라는 그런 이야기를 하려는 게 아니다. 애초 되돌려 받을 마음이 없는 관계란 얼마나 좋은가 싶다. 세상에 그런 관계를 맺을 수 있는 것은 몇 안 된다. 그냥 그렇게 거기 있음으로써, 내 마음의 흐름을 막아서지만 않는다면 말이다.

식물은 그렇다.
언제든 나를 떠날 수도 있을 테지만 나는 떠날 수 없는 그런 마음을 배우는 것이다.
그러니까 데려와 돌봐준다는 말은 나 역시 그것과 함께 살면서 돌봄을 받고 싶은 마음인지도 모른다. 그래서 식물은 '반려'가 되는 것. 그런 게 아닌가 하는 것이다.

식물은 위대한
건축가

식물은 얼마나 위대한 건축가인가.
그러고도 부족해 날마다 더 위대한 건축가를 꿈꾼다.

모든 엇갈림으로 쌓아가는 세계.
엇갈림을 균형과 화해로 키워가는 지혜.
하나의 잎을 엇갈려 내거나 나란히 내거나 그다음, 그다음이 있기 때문이다.
잎이나 가지들은 그렇게 빈 곳으로 제 모든 손을 내밀어 모양을 만들어간다. 식물이 성장한다는 것은 그렇게 아무것도 없는 허공으로 새로운 끝을 내어 제 모양을 만들어가는 것이고, 그렇게 식물이 만들어내는 모양은 누구도 흉내 내기 힘든 건축물이다.

살아 있는 모든 것은 고개만 돌리면 그곳에 죽음이 있다.

그러나 때로는 그런 불안으로 자란다. 그런 불안이 자신의 모양을 만들어가고, 더 많은 삶의 에너지를 가져오고 가져다주기도 한다.

나의 정원은, 나의 화분들은 자꾸 죽는 것과 자꾸 사는 것이 서로 좋아서 물고기 떼처럼 흘러가는 세계, 그런 곳이었으면 싶다.

나는 그런 세계는 잘 모르지만 내가 몇 번 죽으면 갈 수 있을까를 생각한다.
모르는 것이 생겨날수록 나는 모르는 일에만 열중하고, 모르는 것들 사이로, 모르는 것들과 모르는 것들을 낳으며, 그런 식물들의 세계를 함께 살고 견디고 싶다.
이 모든 것은 그리 거창한 것도 아니다. 책상 위의 작은 선인장 하나에서도 배우게 되는 것들이다.

사람이 살아가는 일도 그렇게 식물처럼 어떤 모양을 만들어가는 일 같다.
어떤 절망을 만나 반쯤 죽어서 한 가지를 잃고, 휘어진 채 다른 가지로 일어서거나, 몇 해째 꽃피우지 못한다 한들 살아 있으면 그것으로 제 모양을 만들어갈 수 있다.

사람의 손을 타지 않고 자연에서 스스로 자란 나무들은 알아서 제 모양과 균형을 잡는다고 한다. 아프면 아픈 대로 환하고, 좋으면 좋은 대로 절제하면서.

사람의 공간에서 함께 살아가는 식물들은 사람이라는, 사람의 환경이라는 악조건을 받아들이고 살아간다.
그래서 서로 위로할 수 있다.
사람 또한 이 세계라는 그런 악조건을 살고 있는 존재 아닌가. 그런 둘이 제 모양을 살펴주며 위로하며 살면 얼마나 좋은가, 그런 생각뿐이다.

/

식물과 라디오 사이를 뛰어다니면
알게 되는 것들

식물과 라디오처럼 아름답게 어울리는 관계가 또 있을까. 그 둘의 사이에서 나는 가장 행복하다.

나는 라디오 듣는 것을 좋아한다. 집에 혼자 있는 시간에는 텔레비전보다는 라디오를 켜두는 편이다. 텔레비전을 오래 켜두면 자꾸만 마음이 심란해진다. 자꾸만 쳐다보라고 소리치는 것 같아서 불편하기도 하다. 라디오는 고양이 같다. 보채지도 않고, 듣기 싫으면 신기하게 소리가 들리지 않는다.

라디오에 대한 기억은 아주 오래전부터 시작된다. 어릴 때 아버지는 큰 건전지를 노란색 고무줄로 묶어 마루에 두고 자주 트랜지스터라디오를 들으셨다. 건전지를 아끼느라 자주 틀진 않으셨지만 거기서 나오는 사람들 목소리며 노래를 들으면 참 좋았다.

난 라디오에서 나오는 소리에 집중하지는 않는 것 같다. 들을 때도 있고 들리지 않을 때도 있는 걸 보면. 그럼에도 늘 소리가 있다는 것이 좋다. 디제이의 목소리든 음악 소리든 라디오 소리는 내게 직선으로 오지 않아서 더욱 좋다. 둥글게 돌아오는 소리, 집 안의 사물들에 여기저기 부딪혀서 건너오는 소리, 이를테면 책상에도 부딪히고, 모서리에선 잠시 길을 잃고 헤매기도 하고, 책장에 가득한 시집들 제목을 한 번쯤 훑고 오는 그런 느낌 말이다.

그리고 더 중요한 것은 꼭 나에게 하는 말이 아닌 것 같다는 것이다. 그러니까 나는 라디오 소리가 들리지만 듣지 않아도 되고 들리지 않지만 들어도 된다. 이게 얼마나 나를 편하게 하는지 생각만으로도 설렌다. 그렇다고 엿듣는 느낌은 아니다. 나 혼자 들어도 모두와 같이 듣는 그런 느낌도 있다.

라디오가 주파수를 찾느라 칙칙거리는 소리도 좋다. 그리고 우리 집 라디오는 여전히 귀엽게 칙칙거린다. 메탈 재질의 안테나를 긴 더듬이처럼 달고 있는 모양도 좀 좋다. 지금도 이 안테나를 요리조리 잘 움직인 후 고정시켜야 치이 소리가 그나마 덜 들리는데, 이걸 굳이 고칠 생각은 없다.

라디오 소리는 나 혼자만 듣지 않는다. 집에 있는 식물들도 함께 듣는다. 나는 그게 또 그렇게 좋은 거다. 라디오를 듣는 밤이면 식물들도 라디오 쪽으로 귀를 늘인다. 한낮에 햇살 쪽으로 발가락을 움직이는 모양과 비슷하다. 어떤 날은 아예 라디오 방향을 식물 쪽으로 돌려놓는다. 그러면 라디오 소리가 식물 사이사이로 막 뛰어다니는데, 식물들이 그걸 좀 좋아하는 것 같다. 잎을 팔랑거리는 걸 보면 귀엽다.

식물이 음악 소리를 들으면 더 잘 자라고 꽃도 더 잘 피운다는 사실이야 이제 새로울 것도 없지만 그것 때문이 아니다. 꽃은 자기들이 피고 싶어야 피는 거니까, 그래 주면 고맙고 아니면 또 어떤가. 난 사실 꽃보다 연두다. 식물의 초록 잎새들을 보는 게 더 좋다.

여기에 더해 내가 가장 사랑하는 시간은 일요일 한낮에 거실에 앉아 담배를 피우며 식물들과 함께 라디오를 들을 때다. 거실 문을 열면 손바닥만 한 마당이 있는데, 그곳을 바라보면서 말이다. 물론 비까지 와준다면 세상 부러울 게 하나도 없는 시간이 된다. 식물이 담배 냄새는 좀 싫어라 하겠지만 뭐 이건 어쩔 수 없다. 같이 살면 싫어도 좀 참아줄 것도 생기는 법이니까. 그리고 나도 식물한테 그렇게 참아주는 것도 있으니까.

아무튼 거실 탁자 위에 작은 라디오를 켜두고 마당을 바라보며 담배를 피우는 시간은 그 무엇과도 바꿀 수 없는 가장 행복한 시간이다. 이건 사계절 내내 그렇다. 꽃이나 나무들의 푸른 기가 없는 겨울에도 그렇게 한다. 실내에서 자라는 아이들에게 환기를 해줘야 하기 때문이다. 좀 춥지만, 식물들과 함께 나란히 서서 맞는 서늘한 기운이 또 좋다.

라디오 소리는 어느 날은 내가 좋아하는 기린처럼 느리게 걸어 다니고, 어느 날은 토끼처럼 빠르게 뛰어다니다가 어느 날은 다람쥐처럼 구석에 들어가 눈만 내놓고 나오지 않는다. 이런 느낌은 다 식물이 만들어준다. 식물은 그렇게 공간을 자기 식으로 디자인한다. 나는 착하게 식물이 하라는 대로 다 한다. 그럼 좋다.

식물이 있는 공간이 깊어지는 것은 그 때문이다. 내가 나라면, 식물이 너가 되고 라디오 소리는 우리가 공유하는 무엇쯤 되겠다. 식물이 비교적 제 표정을 조금 드러내는 순간이기도 하다. 그러니까 이때만큼은 우리가 같이 즐겁게 노는 시간인 셈이다. 좋다.

그중에서 가장 반응이 빠른 아이들은 고사리들이다. 손과 발을 제 맘껏 움직인다. 바람 때문이겠지. 맞다, 바람 때문이다. 무슨 식물이 라디오 소리에 춤을 추겠나. 하지만 그 바람에 얹혀오는 라디오 소리 때문이기도 하다.

생각해보면 라디오 소리와 식물은 좀 닮았다. 적어도 내게는 그렇다. 세상에서 아무도 말 걸어주지 않아도 얘들은 늘 일관되게 내게 말 걸어준다.

살아가면서 받는 세상의 상처는 누구나 있다. 그런 날 집에 돌아오면 아무도 내게 말 걸어주지 않기를 바란다. 위로는 날 더 아프게 하거나 더 슬프게 한다고 나는 믿고살아왔다. 그래서 그냥 못 본 척 내버려뒀으면 싶다. 식물들은 그걸 어찌 아는지 내게 절대로 말을 걸지 않는다. 오히려 입을 꾹 다물고 짐짓 딴짓을 한다. 그러니까 고개를 돌리고 뒷짐을 지고 제 발등이나 주무르면서 딴 데를 보는 것이다.

그렇게 시간이 흘러가면 나는 식물들에게 물을 준다. 천천히 오래 중얼거리면서 물을 준다. 그러면 거짓말처럼 세상에서 나의 쓸모가 조금 생겨난다. 그래도 내가 무엇에겐가 하나쯤은 쓸모가 있구나. 내가 누군가에게는 이런 걸 줄 수 있구나 싶어서 훨씬 덜 슬퍼진다. 그게 나와 식물의 동거 방식인 셈이다.

어느 봄날,
나는 앵두와 결혼했다

"저기, 앵두나무를 좀 찾는데요."

주인아주머니는 화원 내부를 휙 둘러본 뒤 뒤편 마당으로 가 한참을 찾더니 돌아와서는 앵두나무가 다 팔리고 없다고 했다. 그럴 리가. 나는 화원 초입에서 앵두나무를 보았던 터였다. 그런데 키가 작고 조금 왜소해 보여서 다른 아이들이 없는지를 물어본 것이다.

"저기, 다시 한 번 찾아봐주시면 안 될까요?"

아주머니는 다시 한 번 화원 내부를 꼼꼼히 살폈다. 처음에 내가 봐두었던 앵두나무를 보면서도 지나치더니 묘목들이 많은 화원 뒷마당으로 가서 한참을 찾다가 다시 돌아왔다. 그러면서 이번에도 없다는 것이었다.

"다 팔린 거 같아요. 한 그루도 없네요."

"저기, 저 아이 앵두나무 아닌가요?"

나는 처음 화원에 들어오자마자 나와 눈이 맞았던 앵두

나무를 가리켰다.

"아이고, 여기 숨어 있었네. 아저씨가 임자였네. 얘가 시집가기 싫으면 이렇게 숨어서 절대 저를 안 보이는데, 아저씨가 한눈에 찾았으니 아저씨에게 시집가는 게 맞네요."

주인아주머니는 이렇게 말하며 한참을 웃었다.

그렇게 지금 우리 집 마당에 있는 앵두나무는 내게 시집을 왔다.

지난해는 작약과 백합이 싹을 밀어 올릴 때부터 곧바로 잎을 틔우더니 가장 먼저 꽃을 피워 올렸다. 작고 하얀 앵두꽃이 아직 좀 추운 날씨에도 서둘러 나와주었다. 앵두

꽃이 피고 나면 살구꽃과 자두꽃이 피기 시작하는데 〈고향의 봄〉이라는 노래에 왜 살구꽃이 나오는지를 알 것 같았다. 하여튼 그게 우리 집 마당 봄꽃의 시작이다.

몇 년 전 봄에 지금 살고 있는 집으로 이사를 왔다. 그전까지 살고 있던 집에서는 식물이 살아남지 못했다. 햇살도 없고 바람도 통하지 않는 집이었으니 당연할 수도 있겠으나, 햇살과 바람 없이 그나마 살 수 있다는 식물들조차도 제대로 자라지 못했다.

식물이 살 수 없는 집에서 살기 싫었다. 그냥 좀 슬프기도 하고, 그럼 난 누구랑 살아야 하나 생각하다가 무조건 마당이 있는 집으로 이사를 하기로 하고 집을 보러 다녔다. 그러다가 만난 집이 지금의 집이다.

지은 지 오십 년은 되어가는 아주 작은 단독주택이다 보니 마당이라고는 하지만 몇 평밖에 안 되는 작은 공간이고, 그나마 마당 아래로는 정화조가 묻혀 있는 데다 상수도 계량기가 마당 한가운데 자리 잡고 있어서 화단을 만들기도 쉽지 않은 조건이었다. 그렇다고 포기할 수는 없었다. 그나마 직접 땅과 닿는 반 평 공간을 시작으로 시멘트 바닥 위에 화단을 만들어 손바닥 정원을 만들었다.

시멘트 바닥 위에 화단을 만드는 일도 그렇게 쉽지만은 않았다. 이웃집 담을 경계로 수백 개의 벽돌을 쌓아 울타리를 쳐야 했는데, 바닥이 시멘트이다 보니 높이를 너무 야트막하게 만들 수가 없었다. 오십 센티미터 정도의 높이를 쌓았는데 생각보다 흙이 너무 많이 들어갔다. 틈날 때마다 이곳저곳에서 흙을 가져다 채워야 했다.

그 마당에 심은 첫 번째 나무가 앵두나무다.

그렇게 앵두와 나는 한집에서 잘 살고 있다. 앵두는 유월 초순이면 붉은 앵두가 달린다. 잎사귀가 무성하기 때문에 대부분의 열매들도 잎사귀 사이로 숨어서 열리는데 그 모양이 나는 또 좋다. 생각해보면 시골집에서도 그렇고, 어느 집 마당에서도 앵두나무가 마당 한가운데서 자라는 것을 못 본 것 같다. 그러니까 주로 담장 밑이나 다른 나무들의 주변에서 자란다. 이건 물론 내 기억에만 그럴 것이지만 그래서 그런지 앵두나무는 왠지 자꾸만 숨으려고 하는 아이 같아 보인다.

흠, 이건 나랑 같네, 하는 생각이 들지만 이 아이는 그러거나 말거나 아주 잘 자란다. 그래서 주변을 주변이 아닌 것처럼 만드는 재주가 있다. 흠, 이건 나랑 다르지만 부럽네. 양지바른 곳에서 잘 자라지만 음지에서도 잘 자란다더니 정말 그렇다. 뿌리가 깊지 않으나 길게 뻗어 자란다고 하니 나름의 삶의 방법이 있는 아이인 게 분명하다.

붉은 앵두는 따지 않고 보기만 하였던 터라 가지에 매달린 채 말라가지만 잎들은 하루하루 새잎을 밀어 올린다. 나는 나무의 수형을 잡아준다는 이유로 가지치기를 하는 것을 좋아하지 않지만, 이 아이는 그래도 가지를 좀 쳐주어야 한다. 가지가 온 사방으로 정신없이 뻗어나가는데 좁은 마당이다 보니 다른 아이들에게 너무 심하게 간섭을 하는 모양이 되기 때문이다. 그리고 저도 숨쉬기 어려울 터이니 바람 좀 통하라고 틈틈이 가지를 쳐준다. 내가 그러거나 말거나 한 가지를 치면 두 가지를 올린다. 아이고, 내 삶도 좀 이러면 좋을 텐데, 난 누가 내 가지를 치면 그나마 있던 가지도 숨겨버리고 싶으니 어쩌냐 싶다가도 그러니 네가 내게 시집와서 참 좋다, 중얼거리는 것이다.

나는 외로우면
꽃집에 간다

가슴이 터질 것 같다는 말, 난 이 말에 대해 좋은 기억이 거의 없다. 그러니까 내게 이 말은 대부분 좋지 않은 감정을 나타내는 말이다. 그것도 아주 극단적으로. 원래 시인들이란 밥을 먹다가도 좀 울고, 하늘이 너무 맑아서 좀 울기도 한다지만, 나는 어떤 감정의 그래프가 있다면 좋음의 상승보다는 나쁨으로써의 하강일 때 모든 게 더 활성화되는 편이다.

그러니까 즐겁고 행복한 감정을 느낄 땐 그것을 어찌해야 하는지 난감해한다. 곤란해 죽을 것 같다. 일단 그런 표정을 잘 짓지 못한다. 어떻게 해야 하는지를 잘 모른다. 그런 게 자연스럽지 않고 아주 어렵다. 그렇다고 불행한 감정에만 익숙하거나 그런 표정을 잘 짓는다는 것은 아니다. 다만, 그런 감정의 변화와 높낮이를 잘 어찌지를 못한다.

좋든 나쁘든 가슴이 터질 것 같은 느낌은 일단 한 번 오면 쉽게 사라지질 않지만, 격렬하게 가슴을 치고 간 후에는 마음이 바닥을 긴다. 나는 여기 있고, 나는 또 여기 없어서 살고 있느냐고 가만히 질문해보는 그런 시간들 말이다. 딱히 뭔가 슬퍼야 할 일이 없는데도 도무지 알 수 없는 방향, 그런 결을 생각하면 그렇게 한번 기울어진 마음이 도통 다시 세워지지 않는 것이다. 뭐 그럴 땐 별수 없다. 애쓰지 않고 그냥 쓰러진 마음을 가만히 바라볼밖에.

이런 감정에 흔하게 빠지는 건 아니지만 그렇다고 드문 일도 아니다. 그래서 저렇게 가슴이 터질 것 같은 느낌이 들 때 지금은 무조건 꽃집을 간다. 내가 사는 곳에서 멀지 않은 서오릉 주변으로는 화원들이 많이 모여 있다. 서오릉 길 양편으로 화원들이 줄지어 서 있는데 한쪽 길을 택해 첫 집부터 끝 집까지 순례하는 식이다. 화원이 좋은 점 중의 하나는 주인이 손님에게 별 관심이 없다는 것이다. 간혹 뭘 찾느냐고 물어보는 경우도 있지만, 그들은 그들대로 일하느라 바쁘다. 그러다 보니 주인의 눈치 볼 것 없이 화원의 식물들을 내 마음껏 바라볼 수 있다.

대부분의 화원은 그 계절에 가장 알맞게 핀 작고 화려한

꽃들을 앞에 배치한다. 그 꽃들을 지나 화원 안으로 들어가면 잎이 큰 관엽식물 종류가 있고, 더 깊이 들어가면 연식이 제법 되어 보이는 식물들이 자리하고 있다.

화원에 들를 때마다 드는 생각은, 주인들은 어쩜 이렇게 식물들을 잘 키울까 하는 것이다. 이분들도 가끔 식물을 죽이긴 할까 하는 궁금증도 생기지만, 죽어가는 식물을 가져오면 살려내는 방법을 잘 가르쳐주는 것을 보면 역시 전문가라는 생각이 든다. 그렇게 꽃집의 꽃들은 비록 화분에 심겨 있지만 다들 생기 넘친다.

그렇게 그냥 예쁘고 연두로 가득한 식물을 보면 기분이 좋아진다. 가끔 규모가 좀 큰 화원을 다니다 보면 길을 잃기도 한다. 다육이들만 있는 화원이 그렇고, 열대식물이 가득한 화원에서 특히 그렇다. 길을 잃고 판타지 속의 어느 세계로 잠시 들어온 느낌이다. 판타지 장르라는 게 그렇다. 현실 세계에서 소외되고 단절된 어느 주인공이 판타지 세계로 와서 고난을 겪으면서 성장하고 끝내 그 모든 어려움을 극복하고 현실에서 살아갈 힘을 얻는, 또 다른 현실 세계의 발견이니까.

내게 식물원이나 화원은 좀 그런 곳이다. 비록 거기 요정은 없지만 아직 만나지 못했을 뿐이라고 생각한다. 언젠가는 정말로 화원 어디 크고 오래된 꽃나무의 화분 아래로 열린 공간을 따라 다른 세계로 가보고 싶은데, 그런 일은 분명 일어날 것이다. 다만, 그게 언제인지가 문제인데, 너무 늙기 전이었으면 좋겠다.

그렇지만 화원에 있는 꽃나무들은 대부분 다 화분에서 자라고 있다. 그러니까 언제든 지금 이곳을 떠날 준비를 하고 있는 녀석들이고 실제 그렇게 언제든 갑자기 누군가의 손에 들려 낯선 곳으로 가야 한다. 그러니까 얘들도 여기가 집이 아니고, 여기는 그저 잠시 지나치는 곳일 뿐이다. 그러니까 이 아이들이나 나나 뭐….

외롭다는 것도 그런 기분일 거다. 슬프면 슬픔의 극단을 가면 되고, 외로우면 더 외로워지라고 악을 쓰는 거, 그게 맞다. 나는 그게 더 편하고 잘할 수 있다. 그러니까 외로워서 가슴이 터질 것 같을 때 가는 꽃집에서 나는 나보다 더 외로운 누군가를 만난다고 하는 게 맞다. 그러고 나면 세상 참 별거 아니다 싶어지기도 한다. 뭐, 그렇다고 정말 그럴 리는 없다. 그래도 별거 아니다, 라고 그냥 그렇게 우겨볼 뿐이다.

한 바퀴 화원 순례를 마치고 나면 내 손에는 언제나 화분 한두 개가 들려 있다. 이걸 언제 샀지? 할 때가 있지만 뭔가 든든한 지원군을 데리고 세상 속으로 싸우러 나가는 전사 같은 느낌도 든다. 좋았어, 가보자고.

그렇게 집으로 돌아와 햇볕 잘 드는 곳에 화분의 자리를 잡아준다. 그러고 그 녀석을 바라보면 너무 좋아서 잠깐 졸고 싶어진다. 이렇게 한적해지는 식물과의 만남. 이젠 쓸쓸함도 지랄이고, 가슴은 터지든 말든 갑자기 어제의 계절에 대한 풍문이 벽을 타고 넘어오기도 하고, 골목 끝에 자전거를 세워두고 걸어온 이야기 같은 한가로움이 나를 무장해제시킨다.

그러니 이제 꽃 필 거예요. 돌아보면 모두 그런 이야기. 난 그런 이야기를 하는 것이다. 그런 이야기를 믿고 있는 것이다.

식물은 내 삶의 무늬를
기억하고 있다

어떤 관계든 그것이 관계가 되거나 관계로 남을 수 있는 것은 함께 나눈 기억이 있기 때문이다. 그 기억이 나쁜 것이든 좋은 것이든, 아무튼 쌓여간다는 것은 그 관계가 그만큼 밀접해진다는 것을 의미한다. 아무리 가까운 친구라도, 심지어 가족이라도 함께 나눈 기억이 없다면, 그 관계는 관계로서의 힘을 잃어가는 중이라고 할 수 있다.

식물을 키우며 정이 드는 것도 역시 그런 이유 때문이다. 이 녀석은 언제 어디서 어떻게 데려오게 되었는지, 이 녀석은 작년 겨울에 그렇게 힘들어했는데, 얘는 꽃을 피우지 않아서 나를 애먹인 녀석이고, 저기 저 녀석은 저 혼자 너무나도 씩씩하게 자라는 중이고…. 그렇게 모든 식물마다 고유의 이름처럼 갖고 있는 기억이 있다.

특별한 기억은 그런 기억 때문에 특별하고 그런 기억이 없다 해도 함께 살아온 시간만큼의 유대감이 기억이 될 것이다. 어쩌면 그렇게 일상이 모인 기억은 무엇의 배경 같아서 그 배경이 사라지면 나도 사라질 것 같은 느낌이 들기도 한다. 다만, 식물은 그러다가 문득 '일상의 드라마'를 보여주곤 하는데, 새잎이 나거나 꽃을 피울 때가 그렇다. 드라마도 그런 드라마가 없다.

이런 기억도 있다. 나는 경북 상주와 충북 청주에서 어린 시절을 보냈는데, 성인이 되어 서울로 올라와 살기 전까지는 언제나 마당이 있는 집에서만 살았다. 그리고 그 마당에는 언제나 작은 나무들과 식물들로 가득했다. 한 번도 그렇지 않은 적이 없었다. 아버지는 마당이나 담장 밑은 물론이고 마당 바깥으로도 자투리 공간만 있으면 어김없이 식물을 심고 가꾸셨다. 청주에 살 때 우리 집에는 뒷마당 담장 뒤로 하천과 맞닿은 천변이 있었는데, 이곳으로는 사람이 다니지 않아 개인 공간처럼 사용했다. 아버지는 이 공간에 해당화를 줄지어 심어놓으셨는데, 나는 이곳을 참 좋아했다. 해당화와 함께 다알리아도 한 자리를 차지했던 이 작은 꽃밭을 나는 기분이 좋을 때도, 엄마에게 혼나고 마음이 쓸쓸할 때도 찾았다.

난 왜 그렇게 화려하고 예쁜 꽃 아래에서 슬퍼하고 있었을까. 그때의 다알리아는 내 키보다도 조금 더 컸다. 보라색 꽃도 무척 커서 내 얼굴만 했는데, 난 꼭 그 꽃 아래에서 웅크리고 있었다. 그 시간 내내 다알리아는 나를 내려다보면서 무슨 생각을 했을까. 얘는 왜 또 이러나 했을까? 그랬겠지, 뭐.

그래도 난 그 꽃그늘 아래에서 마음이 많이 풀어지곤 했다. 그래서 지금도 다알리아를 보면 그 그늘에 내 슬픔이 조금씩 묻어 있는 것 같아서 마음이 묘하다. 이 년 전 봄에 다알리아 모종을 사와서 꽃을 본 적이 있다. 이제는 키가 그렇게 크다는 생각이 들진 않았지만 보라색 꽃은 여전했다. 나는 다알리아꽃 앞으로 틈나는 대로 가서 서 있

었다. 물도 주고 말도 해주고 예쁘다 예쁘다 했다. 그런데
도 그 묘하고 조금 아린 듯한 감정은 사라지지 않았다.

겨울이 오기 전 구근을 캐서 모래에 담아 잘 보관했는데,
지난봄에 옮겨 심으려고 꺼냈을 땐 모두 말라버려서 작
년에는 다알리아를 심지 못했다. 가슴 어느 한쪽이 살짝
무너지는 느낌이 들었다. 새로운 모종을 심을까 하다가
심지 않기로 했다. 다알리아가 있던 자리를 비워두는 것
으로 다알리아를 기억하기로 했다. 때로는 그렇게 빈자
리로 있는 것이 존재하는 것보다 더 강렬하게 기억을 불
러오기 때문이다.

그렇게 내 기억 속의 몇몇 식물들은 내 몸속 어디쯤에 아직도 어떤 옹이 같은 것으로 박혀 있는 것 같다. 하지만 그래도, 아니 그래서 난 그 꽃들을 좋아한다. 해당화가 그렇고 채송화가 그렇고 과꽃이 그렇고 맨드라미가 그렇고, 그리고 또 많은 꽃들이 그렇다. 세상 어딘가에 해마다 피어 있을 그 꽃들은 나를 기억하진 못하겠지만 내가 기억하니까 괜찮다. 이제 지금 마당에서, 거실에서 살아가는 꽃들은 내게 그런 기억이 되어가는 중이다. 오늘 내가 고단했을 때, 오늘 내가 아팠을 때, 서로 바라보며 아무 말도 못하던 날들. 꽃들의 주변을 서성이며 혼자 노래를 부르고 슬프게 춤을 추던 모습. 나는 주고 식물은 받고, 또 식물이 주고 내가 받았던 혼잣말들. 내 마음의 나이테에 얼룩처럼 자라고 있는 거니까.

생각해보면 식물과의 교감이라는 것도 그렇다. 사소함이 모여 생활을 이루는 것처럼, 조금씩 쓸쓸한 마음이 모여 어딘가에 닿는 간절함이 되는 것처럼, 식물과 나는 아무 말이 없어도 혹은 함께 죽자고 말하지 않았어도 날마다 보내는 사소함이 꽃을 피우고 마음 따뜻해지는 결이 된다. '결'이라는 말은 얼룩이나 흔적이 담아낼 수 없는 고요하고 따뜻함이 느껴지는 온도 같아서 좋다.

그러니까 나는 '꽃밭'이라는 말을
참 좋아한다

집에 작은 꽃밭을 만들었다고 하면, 사람들은 꼭 물어본다. 뭘 심었느냐고. 그게 왜 궁금할까 싶어서 되묻는다. 뭘 심었을 것 같으냐고. 대부분의 사람들이 상추부터 말한다. 그다음이 고추, 가지…. 아, 이건 뭐지? 이건 그냥 밭이잖아.

이건 두 가지의 경우다. 사람들이 정말 그렇게 생각하거나, 아니면 내 꽃밭에 대해 그다지 궁금하지 않거나. 그럼 여기서 대화를 멈추면 이야기는 끝이고, 아니면 화단 이야기를 조금 더 한 후에, 넌 어떤 식물을 키우고 싶니? 라고 물으면 그들의 기억 속에 담긴 식물들이 하나둘 나온다. 난 그런 이야길 듣는 것을 좋아한다. 그건 식물 이야기이면서 그 사람의 마음이 오래 담겨 있던 흑백사진 같은 추억이기 때문이다.

꽃밭 이야기를 하다 보면 알게 된다. 누구나 식물과 관련한 애틋한 기억 몇 개씩은 가지고 있다는 걸. 그들이 진심으로 그런 이야기를 할 때 그들의 눈빛이 얼마나 따뜻해지는지, 표정이 얼마나 맑아지는지 그들 자신은 알고 있을까?

나는 '꽃밭'이라는 말이 좋다.

누구의 밭도 아닌 '꽃'의 밭이라니. 그러니까 거긴 온전히 꽃들의 집, 식물들의 집이라는 말이다. 나의 밭이 아니라 꽃밭이어서 좋다. 그러니까 그들 또한 온전한 자기 집을 가지고 있는 셈이고, 나는 그 집으로 자주 놀러 가는 사람, 숨기도 하고, 지나가기도 하고, 이야기도 하고, 거기네가 있으니 여기 내가 있다고 생각해보는 그런 존재가되기도 하는.

'꽃밭'의 사전적 의미는 다 아는 대로 '꽃을 심어 가꾸는 밭'인데, 두 번째 의미로는 '꽃이 많이 피어 있는 곳'으로도 나온다. 그러니까 첫 번째는 사람이 만든 곳이고, 두 번째는 꽃들이 스스로 만든 공간인 셈이다. 비슷한 말로 '화단花壇'은 '화초를 심기 위하여 흙을 약간 높게 쌓아 만든 꽃밭'이라고 한다. 그러니까 둘 다 모두 주인이 '꽃', 식물인 셈이다. 그런 마음이 좋다. 내가 아닌 식물에게 내어주는 한 평 혹은 어떤 공간들. 그렇게 만들어놓고 함께 살자고 하는 마음. 꽃밭이라는 말 속에는 그런 마음이 살고 있으니까.

그런 마음은 꽃밭의 크기와는 상관없다. 화분 몇 개를 가까이 두어도 그곳이 꽃밭이다. 그런 마음은 좀 들키며 살아도 된다. 자꾸자꾸 들켜도 된다. 사무실 창가에 누군가 가져다 놓은 다육이 몇, 선인장 몇, 책상 위에 한 그루 스킨답서스, 거실 햇볕 잘 드는 창가에 화분을 놓아두는 그런 마음, 그런 사람들은 이미 꽃밭을 가지고 있는 사람들이다. 그리고 마음속에 벌써 맑은 시냇물 한 줄기를 담고서 물을 주는 사람들이다.

내 유년의 화단에 대한 기억은 꽃으로만 기억되진 않는다. 아버지 몰래 구슬을 숨겨놓거나, 모두 버리라고 했던 딱지를 비닐봉지에 싸서 숨겨두던 장소였으며, 여름이면 형들이 서리해온 참외를 숨겨놓고 함께 먹던 장소였고, 죽은 쥐를 묻거나, 깎은 손톱을 버렸다가 혼나던 곳이기도 했다. 그러나 그 모든 기억들은 거기가 꽃밭이었기 때문에 생겨난 것들이다. 그리고 꽃들은 그런 나를 말없이 보았을 것이다. 아마 지금도 그러할 것이다. '꽃밭'이라는 말만 들으면 가슴이 뛰는 것은 그 때문일 것이다.

숨을 곳이 여름밖에 없다면
믿을 수 있겠어?

여름은 어찌나 무심한지, 그 무심함으로 구름을 밀어 올리고, 허공은 가장 깊어져서 모든 게 다 멀다.

다 멀어서 쓸쓸하고 설렌다.

그리고 그런 마음들이 나의 마당과 화분의 식물들을 키운다. 좀 간절하지 않아도 좋겠다거나 깊어지지 않아도 좋겠다는 마음이 생긴다면 그건 다 식물들이 하는 말을 들었기 때문이다. 그래서 나는 때때로 나도 식물인가 싶을 때가 있다. 팔랑이는 이파리들이 밀어가는 여름 사이로 이제 더는 안간힘으로 견디지 않아도 될 것만 같다. 여름의 정원은 그런 막막함을 달래주는 마음, 어떤 끝은 이렇게 사람을 한없이 둥글어지게도 하는 힘을 가졌다.

나는 여름을 참 좋아한다. 나의 세 번째 시집의 제목은 《여름이 나에게 시킨 일》이다. 두 번째 시집부터 몇 편의 연작으로 썼던 시의 제목이기도 했다. 여름이 왜 그렇게 좋은데, 라고 물어보면 솔직히 잘 모른다. 하지만 언제나 여름이 좋았다.

여름에는 할 수 있는 놀이가 아주 많았다. 하루 종일 물놀이를 하던 개천이 늘 있었고, 여름방학이면 식물 채집과 곤충 채집을 하며 온 산과 들을 뛰어다니던 기억이 있지만 사실 유년 시절을 빼고 나면 딱히 여름과 관련된 즐거운 기억이 생각나지도 않는다. 하지만 지금도 나는 여름의 이미지만 보아도 마음이 금세 환해진다. 책이나 영화에서 보는 여름 이미지를 무척이나 좋아한다. 그 이미지를 색으로 표현하라면 '선명한 연두'다. 여름은 연두보다는 진녹색이겠지만 내겐 연한 연두색으로 남아 있다. 그리고 그것들은 늘 조금씩 움직이는 모습이다.

언젠가 그런 이미지는 구체적으로 무엇일까, 왜 나는 그런 색감과 이미지로 여름을 기억할까 생각해본 적이 있다. 그때 떠오르는 나무가 있었다. 미루나무였다.

나는 지금도 미루나무를 보면 가슴이 아프다. 아프다 못해 저린다. 그렇게 가슴이 아픈데 그게 좋다. 이건 아마도 미루나무 때문은 아닐 테고 미루나무와 함께했던 내 기억의 어떤 부분들 탓일 것이다. 어떤 음악을 들으면 그 음악과 함께 그 음악을 들었던 때의 기억들이 함께 떠오르는 것과 같다.

하지만 아무리 생각해봐도 미루나무를 보면서 그렇게 슬프거나 아팠던 기억이 없다. 그나마도 미루나무는 고향을 떠나 서울로 오면서부터는 아예 본 기억조차 없고, 이제는 어디서도 잘 볼 수 없는 귀한 나무가 될 만큼 식재하지 않는 나무이기도 하다. 산림녹화가 시급하던 시절 아카시아처럼 급하게 전시용으로 심었던 나무라고 했으니 이제 미루나무를 옛날처럼 심을 까닭도 없다. 그런데도 미루나무를 생각하면 여전히 가슴이 아파온다.

기억 속에서 미루나무들은 주로 하천변에서 자랐다. 키가 아주 컸고, 바람이 불면 그 많은 잎들이 물결처럼 흔들렸다. 그 많은 손들이 갑자기 나타나는 것도 신기했고, 그 많은 손들이 한꺼번에 반짝이는 건 마치 공중에 뜬 물결 같았는데, 그건 신기하면서도 아름답고 무척 쓸쓸해 보

였다. 지금도 그런 감정을 느낀 이유를 모르겠다. 그것은 마치 다시 오지 않을 것들에게 보내는 인사 같기도 했고, 키가 너무 커서였을 수도 있고, 하천과 어울렸을 때만 만들어지는 어떤 감정 같기도 하고…. 다 뭐든 같기만 하고 구체적이고 실제적인 그런 이유는 전혀 없다.

이런 감정을 갖고 바라보는 나무는 미루나무밖에 없다. 이젠 시골에 가도 미루나무가 안 보인다. 그래도 내 마음속 아주 아래를 파보면 늘 미루나무가 산다. 그 큰 키로 겨우 일회용 나무젓가락이나 이쑤시개밖에 안 되었다는 건 슬프다. 그냥 서 있기만 해도 되는 거 아닌가. 그럴 거면 그냥 늙어 죽도록 두었어야 했다고 생각한다.

그런 게 있다. 뭐가 되어야 한다는, 뭐가 되었으면 좋겠다는, 덩달아 나도 무엇인가 되고 싶은 그런 것 때문에 상처가 생긴다. 뭐 그것도 좋다. 그건 태어난 것부터 내가 피할 수 없던 거니까.

여름은 식물에게 대체로 가장 이상적인 환경이다. 우리나라도 마찬가지다. 식물에게는 그야말로 가장 절정인 계절임에 분명하다. 절정. 그런데 나는 왜 그게 그렇게 아프고 슬플까. 절정이란 말을 생각하면 왜 동시에 폐허가 떠오르는 걸까. 세상으로부터 아주 흔적도 없이 사라지고 싶어서 '실종' 상태로 세상을 떠나고 싶었던 적이 많았고, 어떤 때는 혼자 있는 게 차마 견딜 수 없어서 밤이 되면 숨조차 쉬지 못할 만큼 힘들었던 적도 있었지만 신기하게도 여름은 견딜 만했다. 슬프다는 감정이 머리가 아니라 가슴으로 구체화되는데 그래도 견딜 만했다.

내게 여름은 모든 것의 절정인 동시에 폐허의 이미지로 남아 있다.

두 개의 극단적인 이미지가 함께 있지만 그것이 혼란스럽다기보다는 극도의 편안함을 준다. 참 편안하고 비로소 편안하다. 온몸의 피들이 따뜻하게 돌아다니는 게 보이기도 하고, 어떤 날의 수치스러움도 이제는 오래된 상처 같아서 괜찮다. 마치 여름은 애초 내 몸에 살고 있었던 사람 같기도 하다. 그러니까 폐허는 갑자기 이해되는 마음 같은 것, 용서하고 돌아선 사람의 이름 같은 것은 아닐까 싶어서 말이다.

다시 그리하여, 폐허 속에서 꽃 피는 거 말고 꽃 속에서 피는 폐허를 보라고, 기차는 오늘도 어딘가로 떠나가고 돌아온다. 뿌리로부터 가능한 한 먼 곳까지 폐허의 세계는 몇 계절 동안 길어지겠지만 이 극단의 끝에서 닿는 허공, 비로소 만져지는 자유 같은, 그런 거다.

/

언제나 따뜻한 쪽을 가리키는
손가락을 본 적이 있다

비 오는 걸 그다지 좋아하지 않는다. 살면서 변한 몇 안 되는 것 중 하나다. 그러니까 비를 무척이나 좋아했었는데, 십여 년 전부터는 비 오는 날이 싫다. 더워 죽어도 여름이 좋고, 뜨거워도 쨍한 햇살이 좋다. 하지만 내가 가장 좋아하는 시간 중 하나는 비 오는 날의 어느 때이다. 물론 이것은 지금의 집으로 이사를 오고 난 후부터 든 마음이다.

우리 집은 좀 오래된 집이다 보니 처마가 짧은데, 그래서인지 투명 플라스틱 유리 같은 재질로 덧대 길게 내어두었다. 그리고 그 처마 끝이 마당이다. 비가 오면 처마에 떨어지는 빗소리, 처마를 흘러가는 물방울과 함께 처마 끝으로 흘러간 빗방울이 마당 바닥에 떨어지는 소리가 꽤 요란하다. 긴 처마 끝으로 무슨 작은 폭포처럼 물이 떨어진다.

비가 온다는 예보가 확실하다고 느껴지는 날은 우리 집 식물들에게는 잔칫날이다. 나는 거실에 있는 거의 모든 화분을 마당으로 옮긴다. 큰 나무들은 비를 많이 맞는 곳에, 작은 화분들은 비를 덜 맞는 곳에 차례로 줄 세운다. 화분들을 옮기는 게 나름 번거로운 일이지만 녀석들이 비를 맞고 있는 걸 보면 언제나 잘했다는 생각이 든다.

실내에서 자라는 식물 중에는 반 양지식물도 있고, 실내에서 자라는 게 적합한 아이들도 있지만 어쩔 수 없이 집 안으로 들어와 살고 있는 아이들도 있다. 가끔 비료를 준다고는 하지만 수돗물만 먹고 자라는 아이들이라 비 오는 날은 가능한 한 비를 맞혀줘야 한다. 전문가들은 비를 좋아하는 녀석이 있고 싫어라 하는 녀석이 있다고 하는데, 그럴 리 없다고 나는 믿는다. 잘 모르기도 하고, 잘 알고 싶지도 않은 나는 거의 모든 식물들을 마당으로 옮겨준다.

그리고 마루 같은 거실 끝에 앉아 비 맞는 아이들을 보며 담배를 피운다. 이럴 때는 라디오도 틀지 않고, 아무것도 하지 말아야 한다. 오직 비 맞는 아이들을 보며 담배를 피우는 일에 최선을 다해야만 한다. 아이들은 비 맞느라 신나고 나는 그런 아이들을 보면서 신나고. 그래서 말이지만 비는 내가 일하러 가지 않는 날에만 오면 좋겠다. 그런데 이게 또 가능하다. 난 매일 일하러 나가지 않으니 말이다. 이건 좋은 일인가 아닌가, 아주 많이 헷갈리지만 역시 그러거나 말거나다.

여하튼 세상 이런 호사가 내게는 없다. 식물들도 호사를 누리는데, 나도 좀 그러면 어떤가. 장마가 아닌 이상 하루이틀 정도 비가 와도 나는 식물들을 그대로 마당에 둔다. 비가 완전히 그친 뒤에 다시 실내로 들여다 놓으면 며칠 사이에 쑥쑥 새잎을 올리는 녀석들이다. 햐, 요런 요런 이쁜 녀석들.

그중 비 맞은 효과를 가장 확실하게 보여주는 아이가 고무나무 종류다. 이 아이들은 비만 맞고 오면 거의 매번 새잎을 올린다. 최소한 번쩍이는 연두가 되거나 누가 봐도 늠름해진다. 뱅갈고무나무, 떡갈고무나무, 인도고무나무, 벤자민고무나무 다 그런다. 특히, 뱅갈고무나무의 연두색은 세상 예뻐 코를 박고 죽고 싶을 정도다.

식물의 연두색을 나는 정말 사랑한다. 그게 어떻게 보면 오래 부딪힌 흔적이 만들어내는 마음 같고, 언제나 따뜻한 쪽을 가리키는 손가락 같다. 언제가 될지는 몰라도 한번쯤은 그 손가락이 가리키는 방향으로만 걸어가보고 싶다. 또 다른 폐허가 있을지라도 원망하지 않을 마음이 있으니 괜찮다.

난 아직도 슬플 땐
잠을 잔다

마음이 슬플 때 생각나는 식물처럼 그럴 때 듣는 음악이
있다. 〈Calling You〉.

라스베이거스 사막 한가운데 위치한 쓰러져가는 선술집.
이곳에는 무능한 남편과 매일 피아노만 치면서 빈둥거리
는 아들을 둔 흑인 여자가 힘겨운 생활을 하고 있다. 어느
날, 영어라고는 전혀 하지 못하는 뚱뚱한 독일 출신의 중
년 부인이 남자에게 버림받고 찾아든다. 공통점이라고는
전혀 없는 두 여자는 어느새 서로의 처지에 공감하며 친
숙한 사이가 된다. 사막이라는 지형적 조건이 나타내주
듯이 인적이 드물고 쓸쓸함이 가득 찬 바그다드 카페를
무대로 두 여자는 서로의 외로운 처지를 위로한다. 그리
고 서서히 그곳을 따스한 정감이 스며 있는 공간으로 만
들어간다.

다들 눈치챘겠지만 영화 〈바그다드 카페(Bagdad Cafe)〉의 줄거리이다. 〈Calling You〉는 이 영화의 주제곡이라 할 수 있는데, 음악을 듣고 있으면 황량한 사막을 혼자서 걸어야 할 것 같은 느낌이 든다.

"슬플 땐 더 슬픈 노래를 듣고…"

"슬플 땐 더 슬픈 노래를 듣고…"

그러다 보면 홀린 듯 잠에 들기도 한다.

어릴 때도 그랬다. 엄마에게 혼나거나 내 요구가 받아들여지지 않을 때 나는 뒷마당의 나무들 속으로 몸을 감추거나 다락방으로 숨었는데, 다락방에 숨어 있다가 잠들기 일쑤였고, 처음엔 그런 나를 찾느라 집에 난리가 나기도 했었다. 그런 버릇은 어른이 돼서도 잘 사라지지 않았고, 심지어는 지금도 그렇다. 그러나 지금은 내가 잠들어 봤자 아무도 날 찾지 않는다. 그렇게 혼자 잠들었다가 혼자 깨는 일은 대체로 좀 고약하지만 어쩔 수 없다.

그런 잠은 더 이상 도망갈 길이 보이지 않을 때, 절벽에서 떨어지듯 자는 잠 같다. 그런데 좀 다른 것은 그렇게 세상으로부터 분리되어 떨어져 나가면서도 내가 떨어져 나가는 세계를 천천히 바라보는 느낌이었다. 이거 진짜 기분

별로지만 그렇다. 이걸 좀 폼 잡고 말하면, 모든 현실 불가능성에 대한 인식으로부터의 잠? 잠은 그런 절벽에서 시작되어, 조금씩 절벽의 끝을 밀어내는 일이기도 했다. 그러니까 연장되는 절벽 같은 거라 힘이 좀 드는데, 신기하게 그러다가 끝도 없이 잠든다는 것이다.

그런데 우연한 기회에 이건 나만 그런 게 아니라는 걸 알았다. 학교에서 아이들에게 물어본 적 있다. 너희들도 슬플 때 잠을 자느냐고 했더니 대부분의 아이들이 그렇다고 했다. 소설을 쓰는 민경 선생도, 진연 선생도 그렇다고 하는 걸 보면 이것은 아마 대부분의 사람이 그런 것 같다. 뜬금없지만 나는 이게 식물성 같다고 생각한다. '식물 기간'이라는 말이 있다. 이 제목으로 몇 편의 시를 쓴 적도 있는데 사전적 정의는 다음과 같다.

一일평균 기온이 섭씨 5℃ 이상인 날이 계속되는 일수. 일반적으로 식물이 성장을 일으키는 온도 조건이 일평균 기온 섭씨 5℃ 이상인 데서 이르는 말이다.
一많은 식물은 일평균 기온이 5℃ 이상이 되면 발아發芽하거나 신장伸長한다. 따라서 일평균 기온이 5℃ 이상이 되는 기간을 식물 기간이라고 하며, 농작물, 삼림 등의 재배 한계와 재배 적합 여부의 지수로서 사용된다.

그러니까 일정 온도가 되어 식물이 발아할 수 있는 조건이 되는 기간을 말하는데, 사막의 어느 식물들은 이 기간이 맞지 않으면 백 년도 기다린다고 한다. 그러다가 백 년 후 그런 환경에 맞는 시간이 오면 그때 비로소 발아를 시작한다는 말이다.

조금 다른 경우지만 우리가 보통 집에서 키우는 식물들은 화원에서 데려오는 경우가 많다. 그러니까 식물들이 우리를 선택하는 게 아니라 우리가 선택해서 데려올 경우, 이 식물들은 우리 집의 환경을 강요받게 된다. 어떤 집은 습도가 높고 어떤 집은 해가 강하고…. 환경을 이루는 요소는 수없이 많다 보니 화분으로 이동하거나, 분갈이를 하거나 마당에 옮겨 심게 되면 식물이 식물몸살을 앓는다.

이것은 식물이 변화된 환경에 적응하기 위해 몸을 웅크리는 것인데, 웅크린 채 새로운 환경을 받아들여야 한다. 빛이 강하면 강한 빛에 살아남도록 조력해주는 박테리아를 공생시켜야 하고, 습도가 낮으면 낮은 습도에도 살아가도록 또 다른 박테리아를 받아들여 공생해야 한다. 이러한 공생에 성공해야 비로소 한 식구가 되는 셈이다.

그러니까 슬플 때 잠을 자는 것도 생각해보면 어떤 관계의 단절을 받아들이는 시간이 필요하다는 말이 아닌가 싶다. 하지만 그렇게 자고 났다고 달라지는 건 하나도 없다. 안다. 달라질 게 없다는 거, 어디 세상이 그리 만만한가. 그러나 달라질 걸 기대했다면 몰라도 기대하지 않았다면 나름 이게 생각보다 효과가 매우 좋다. 상황은 달라지지 않았지만 그것을 대하는 나는 조금 달라져 있기 때문이다. 그냥 받아들이는 힘인데, 이건 꼭 진다는 기분보다는 그냥 내어주는 느낌이라서 그래도 좀 낫다.

그래서 나는 슬플 땐 잠을 잔다.

나는 잠시 세상에 없는 이름, 지나간 혹은 지나갈 것들이니까. 그러므로 나는 잠 속에서 비로소 나였다는 생각도 들고, 잠깐이지만 세상에서의 부재가 그리 말하는 것 같았다. 슬플 때 자는 잠은 긍정도 부정도 없이 온전히 내가 나의 공간으로 들어가는 일처럼 숙연한 기분도 든다.

세상의 내가 아닌 세상에 없는 나를 만나는 일 같고, 사는 일의 지겨움, 살아 있음의 지겨움, 불편하고 쓸쓸한 증명들로부터 달아나고 싶다면 잠을 자는 게 맞다.

견딜 수 없는 세계는 견디지 않아도 된다. 단호하게 그렇게 하자. 세상의 그 무수한 관계 맺음들조차도 때로는 나를 증명할 수 없으니 나는 잠을 잔다. 비로소 이 세계로부터 놓여나는 일, 아무런 관계 맺음 없이도 내가 나인 것, 그리하여 이 세계에서 비로소 내가 나로만 서 있는 일. 슬플 때 자는 잠은 그렇다고 믿는다.

이 모든 게 다 개뿔이라도 난 그렇게 믿을 거다. 이런 자발적인 단절을 나는 사랑하니까. 다만, 한 가지 조심할 게 있다. 아직 해가 있는 초저녁에는 잠들지 말 것을 권한다. 이건 아주 개인적인 것일 수도 있겠지만 분명 낮에 잠들었는데, 깨어보니 밤이라면 그 잠깐의 시간이 갑자기 사라진 그 느낌이 더 답답하고 견딜 수 없을 때가 많다. 하지만 슬퍼서 잠 좀 자려는데, 지켜야 할 것도 많아 신경질이 난다면, 불평하지 말고 그냥 자자. 그래도 된다.

꽃보다는 연두지,
그렇고말고

'존버'라는 말이 있다. 주식시장 등에서 오래전부터 사용되었던 말이라고 하는데, 또 요즘엔 잘 사용하지 않는 말이기도 하다. 어원부터 살피자면 길어지니 각설하고, 결국은 '존나 버텨' 그러면 승리한다쯤으로 이해하면 될 듯하다. 그리고 '버틴다'는 말은 '쓰러지거나 무너지지 않고 견딘다'는 의미다. 그러니까 '버틴다'는 말이 '존나'라는 비속어를 만나 제법 근사한 말이 된 셈이다.

그런데 이 말은 사실, '버틴다'는 말에 방점이 찍힌 것이다. 그리고 버틴다는 것은 쓰러지거나 무너지지 않는다는 말이니 그냥 가만히 있으면 된다, 가 아니라 최선을 다해 지금 여기에 맞서라는 말이기도 하다. 그러고 보니 매우 치열한 정신이다. 버티기 위해서는 온갖 것을 다해야 하니까. 그래야 겨우 버티니까. 살아가는 일도 뭐 크게 다르지 않겠다. 하루를 버티고 한 달을 버티고 그러다 보니 그게 살아가는 일이더라고 말할 수 있으니 말이다.

나는 그런 '존버'의 정신을 식물에게서도 배운다. 사실 식물은 이런 정신의 대가다. 아마도 그 유전자 어디쯤에 DNA로 새겨져 있음이 분명하다. '식물 기간'이라는 말에서부터 식물 유전자의 힘은 강렬하다. 바위틈에서나 담장 벽돌 틈에서나 아스팔트의 작은 홈에서조차 식물들은 살아남는다. 식물들이 살기 위해 하는 일들은 우리 상상을 뛰어넘는 경우가 많다.

채송화 씨앗은 참 작다. 가만히 보면 은빛이 살짝 나기도 하는 아주 작은 씨앗이다. 하지만 모든 식물의 씨앗에는 모체를 생산할 때 필요한 모든 유전 정보가 그 안에 담겨 있다. 더불어 스스로 성장할 힘을 얻을 때까지 살아갈 영양분도 갖고 있다. 그러니까 채송화 씨앗에는 채송화의 우주가 담겨 있다.

너무 당연하다고만 생각하지 말고 그 우주에 대해 상상해보시길. 그러면 그 작은 씨앗 하나는 감동이 된다. 물론 이런 경우는 많다. 마당에 버려진 썩은 감자에서도 싹이

나고, 먹고 버린 과일의 씨앗에서도 싹이 난다. 그리고 이 모든 것은 버틴 것에 대한 결과다. 그리고 꽃은 지지만 연두는 지지 않는다.

꽃과 연두에 우선순위는 없다. 그 둘은 찰떡같이 붙어서 함께 순환되기 때문이다. 다만, 겉으로 보이는 화려함보다는 식물 전체의 삶을 지탱하는 연두가 더 식물적 삶에 적합하지 않을까 하는 생각일 뿐이다. 그리고 사실 생각해보면 막 새잎이 생길 때의 연두는 세상 어떤 꽃보다 예쁘다. 식물의 작은 혀처럼, 막 생겨나는 무릎처럼, 한낮의 옹알이처럼, 돋아나는 새순은 그것 자체로 압도적으로 경이롭다.

나의 작은 마당에서 살아가는 식물들이나 화분에서 자라는 아이들은 사실 제 맘껏 자라기에는 턱없이 부족한 환경이다. 그러다 보니 열매나 꽃을 보는 일이 자연에서 살아가는 아이들보다는 적다. 그러나 꽃이 아니면 어떤가, 연두만으로도 세상은 아름답다. 버티는 일도 그렇다. 버틴다는 건 그냥 있는 것이 아니다. 최선을 다해 지금 여기를 살아가는 일이다. 그렇다면 그건 해볼 수 있지 않을까 싶은 것이다.

가끔 모든 게 낯설어진다.

식물들도 나도 불시착한 비행체처럼 지금 여기가 어딘지를 묻는 일이 있다. 그런 일들이 날마다 쌓여간다. 가끔 농담처럼 구름이 지나고, 혼자 산책하는 나를 내가 뒤에서 따라가는 것 같기도 하다. 모든 풍경은 지나가고, 세상의 모든 당신들도 지나가고 모든 사물은 저마다의 이름으로 행복해 보인다. 고양이는 고양이인 게 좋은지 싫은지 모르겠지만, 고양이는 오직 고양이라서 정말 좋겠다고 나는 생각한다. 그것만 기억하기로 했다. 그다음은 상관없다. 내 기억은 거기에서 멈췄다. 어떤 꽃이 피든 그것은 그것대로의 생일 것이다.

내게 그런 것 묻지 말길. 다만, 내가 할 수 있는 것만 하자. 그게 존나 버티는 거라면 그럼 그렇게 하는 거다. 꽃보다는 연두니까.

아버지는 백합을 사랑하셨고,
어머니는 작약 같으셨다

사람들은 자신과 함께 동거할 식물을 정할 때 어떤 기준으로 선택을 하는지 궁금하다. 먼저, 식물이 자라게 될 집의 공간과 환경을 생각할 것이다. 마당에서 키울 것인지, 창틀 위에 자리를 잡아줄 것인지, 햇볕이 잘 드는 베란다인지, 하루에 반만 햇살이 들어오는 거실인지 등등 식물이 자랄 수 있는 환경과 공간의 크기까지 생각해야 하기 때문이다.

나 역시 그러한 최소한의 기준이 있지만 그보다는 내가 잘 아는, 내게 어떤 정서화된 식물을 데려오는 경우가 많다. 대부분의 식물이 그렇게 나와 함께 살아가고 있는데, 그중에서도 가장 먼저 무조건 데려오자 생각한 식물은 백합과 작약이다.

나는 경북 상주에서 태어났고 우리 집안은 대대로 그곳에서 담배 농사를 지었다. 둘째 형까지만 만났다는 할아버지는 서당 선생님이셨고, 우리 집은 근처 초등학교 선생님들이 하숙을 하던 집이기도 했다. 아주 어릴 때라 사실 많은 기억이 남아 있진 않지만 아주 선명하게 떠오르는 그림이 있다. 바로 백합과 작약이다.

초여름이면 마당 거의 한가득 순서대로 꽃을 피웠다. 집 안팎으로 많은 꽃들이 있었지만 분명하고 선명한 기억은 그것뿐이다. 백합과 작약은 아버지가 살아 계실 동안에는 어디를 가도 언제나 함께하던 꽃이었다. 그렇게 흔했고, 새삼스러울 것도 없었지만 부모님이 모두 돌아가신 후부터는 그 꽃을 보면 부모님을 만난 듯 반갑고 좋았다.

농사를 짓던 집에서 아버지는 무슨 생각으로 백합을 키우셨을까. 그 꽃을 보며 아버지는 어떤 생각을 하셨을까 자주 떠올린다. 워낙 식물 키우기를 좋아하셨으니 그냥 꽃나무는 생활의 일부여서 의식하지 않았다고 하는 게 맞겠다. 집 안 어디든 꽃이 없는 공간은 없었으니까. 담배 건조실 가는 뒤란에도 마찬가지였고. 담장을 빙 둘러가며 채송화며 봉숭아, 과꽃, 맨드라미 등 빠꼼한 공간만 있으면 어디든 그렇게 뭔가를 심으셨다. 그건 거의 아버지의 몫이었고, 생계보다 더 중요한 필생의 업처럼 보이기도 했다. 아버지는 그렇게 꽃과 나무를 좋아하셨다. 이건아버지가 낭만적이었다기보다는 한량에 가까웠다고 하는 게 맞다. 어머니가 생활을 위해 목숨을 걸 때 아버지는그렇게 꽃처럼 사셨다고 했다. 지금 그렇게 살면 아마도무능한 남편으로, 가장으로 눈치깨나 봤을 테지만 그럼에도 난 아버지가 참 낭만적인 분이어서 좋다.

문제는 시골집에서뿐만 아니라 청주라는 도시로 나와 살때는 물론이고 돌아가시기 전까지도 그렇게 살아가셨다는 거다. 내 생각에도 그건 좀 심했던 것 같다. 그 때문인지 어머니는 아버지 돌아가신 후 당신이 죽으면 절대 아버지와 합장하지 말라고 몇 번이고 신신당부를 하셨다.그러다가 돌아가시기 얼마 전 다시 마음을 바꿔 합장을해달라 하셨으니 우리 아버지는 복도 참 많으신 분이다.

그렇게 부모님은 지금도 한 묘를 쓰고 살아가신다. 상주에 산소가 있어서 자주 못 가지만 늦은 봄 산소에 가면할미꽃이 무성하다. 잔디는 잘 못 사는데도 어디서 꽃들은 참 잘도 날아든다. 이건 아버지가 어머니에게 드리는 거라고 생각해야 한다. 난 그렇게 믿고 산다. 어쨌든 그러다 보니 이 집에 와서 마당에 심을 식물을 생각할 때도 자연스럽게 그 처음은 백합과 작약이었다.

백합은 대략 6월 초에 꽃을 밀어 올리지만, 사실 아주 이른 봄부터 저를 선보인다. 우리 집 마당에서 가장 먼저 싹이 올라오는 게 백합과 작약이다. 아직 좀 춥지 싶은데도 손톱만큼 싹을 밀어 올리면 그건 막 봄이 시작되었다는 말이다. 몇 번 과일나무들의 꽃차례가 지나고 나면 5월 중순부터 불두화가 피기 시작하고, 곧 작약꽃이 피기 시작한다. 작약꽃이 지고 두어 주가 지나면 백합이 피기 시작한다.

하루 일을 마치고 늦은 밤 대문을 열고 들어오면 마당에 고여 있는 백합 향기가 한꺼번에 쏟아질 때가 있는데, 그럴 땐 기절할 듯이 좋아서 나는 강아지마냥 폴짝폴짝 뛰기도 한다. 이른 여름밤 마당에 나오면 백합 향기가 또 휙 스쳐가는데, 그렇게 불현듯 떠오르는 기억처럼 어느 날은 종일 마당에 핀 백합을 바라본다. 그러면 지금은 안 계신 아버지가 화단에 물을 주고 어머니가 혀를 끌끌 차는 모습이 떠오른다. 난 어린 시절부터 지금까지 백합과 작

약을 사랑한다.

마당이 처음 생겼을 때, 아니 마당이 있는 집으로 이사를 가기로 했던 날부터 나는 마당에 어떤 식물을 심을지 생각했다. 생각만으로도 날마다 즐거웠다. 아주 작은 마당이었다. 가로세로 길이를 생각하며 어떤 나무와 꽃을 심을지 몇 번씩 설계도를 그렸다.

그렇게 하나둘 적다 보니 집 전체를 헐어내고 마당만 있어야 할 집이 되었다. 다시 하나둘 나무와 꽃들을 목록에서 제외했다. 그래도 잘 줄어들지 않았다. 심어야 할 식물들의 이름을 적을 때마다 그렇게 좋았는데, 목록에서 이름을 빼려니 마음이 몹시 아팠다. 아직 이사도 안 간 집, 그것도 손바닥만 한 마당을 두고, 나는 그렇게 온갖 상상 속에서 즐겁고 괴롭다가 설레고 슬프고를 반복했다. 결국은 그렇게 반복만 하다가 이사를 왔다.

대충 집 안 살림살이를 정리하고부터는 다시 본격적으로 마당의 화단 만들기 작업에 착수했다. 당연히 무수한 목록에서 거의 대부분의 목록을 제해야 했다. 그렇게 줄이고서도 손바닥만 한 화단에 비해 너무 많았다. 그렇게 또 며칠이 지나고 나서야 겨우 화단에 심을 나무와 꽃들이 정해졌다.

목록을 가만히 보다 보니 생각나는 사람이 부모님이었다. 나의 화단 목록에 있는 꽃과 나무가 대부분 아버지가 오래 가꾸시던 꽃나무들이었기 때문이다. 한량 같았던 아버지 덕에 어머니는 생계를 책임지셔야 했기에 아버지의 꽃나무들을 어머니께서 사랑하셨는지는 잘 모르겠다. 하지만 그 꽃들이 환하게 피면 한참 동안 바라보시던 모습을 본 적이 있다. 그리고 화단 가꾸시는 아버지를 그렇게 싫어하시지는 않았던 것으로 나는 기억하고 있다. 내 기억이 꼭 맞기를 바라지만.

하여튼 나의 화단에 심을 꽃나무 목록들은 결국 우리 가족 모두가 함께 살던 내 유년의 뜰을 향하고 있다. 백합과 작약을 비롯하여 장미, 수국 등 꽃 자체는 아주 일반적인 종류들이지만 난 지금도 그것들의 배치와 순서를 이어가며 피던 옛집 마당을 기억한다. 그것이었나? 나는 식물에게서 그런 것을 이다지도 그리워하고 있던 것인가?

여름에 겨울을
생각하는 일이란

한여름 화단을 보며 생각한다. 지금 여기 눈이 내린다면 이 눈은 얼마나 먼 곳에서부터 시작된 기별이었을까. 먼 고장에서 누군가 나를 생각하는 마음 혹은 내가 먼 곳의 어떤 삶을 생각하는 마음은 아닐까 생각해보는 것이다. 어깨에 가만히 내려앉아서 이내 사라지는 그런 빗방울처럼, 눈처럼 마음 같은 것들이 얼마나 모여야 이렇게 내릴 수 있는 것인가 또 생각해보는 것이다.

아주 가라고 밀어냈던 한 세계가 오늘은 이렇게 가깝게 다정한 얼굴로 말 걸어올 때 나는 어떤 표정으로 웃어주어야 하나 막막해진다. 무엇이든 내리는 마음이란 다 이렇게 안쓰러워 마음이 아프다.

지금 여름의 화단은 가장 성하다. 그런데 나는 이 좋은 걸

누리지 못하고 이후를 생각한다. 참 못난 마음 같아서 혼자 우울해진다. 그래도 그게 나여서 나는 또 어쩌지를 못한다. 이런 감정의 질서, 그 먼 곳의 기원에 대해, 내리는 것들의 선량함을 엽서처럼 받는 저녁이 있다면 그것이 어느 계절이든 나는 수긍하고 기꺼워할 게 분명하다. 나는 왜 이 모양인지 모르겠지만.

빗방울 또한 그러하다. 내가 널 이토록 사랑해서 내리는 거라고 비는 내린다. 내가 널 오로지 사랑해서 너에게로 떨어지는 거라고. 머뭇거림 가득한 세월을 두고 머뭇거림도 없이 오는 마음. 그런 마음 앞에서 나는 아무것도 할 수가 없다. 냉큼 안아주지 못하고 잘 다녀가시라고, 잘 다녀가시라고 가만히 바라만 본다.

직선도 둥글다면 그런 마음 때문일 것이다. 그런 뭉근함의 눈빛을 생각해본다. 오직 사는 일에 대면한 이들의 남루함은 비록 빛나지 않아도 따뜻하고 고요하다. 계절도, 화단도, 어떤 사람들도 오래되면 말없이 눈빛만 깊어진다. 비가 오든 눈이 오든 내리면 내리는 대로, 누군가 떠나가면 떠나가는 대로 발꿈치를 들지 않아도 빛나는 이마를 가진다.

세상의 주목 따위 말고도 가득 차오르는 것들. 이것이 생의 중심이다.

화단의 식물들은 내게 그렇게 말해준다. 눈감아주자. 가르침 따위 주지 마라. 그래도 더는 멀어지지 말자. 오늘을, 우리가 또 하루를 살았다고 쓰고 마침표까지 찍고 이제 함께 살자. 눈감아주고, 예뻐해주고 아름다운 약속이 되자고.

한여름의 화단 둘레를 걷는다.

가만히 들여다보고 손끝으로 쓸어본다.

세상에 무늬 아닌 것이 없다. 당신의 얼굴이 그렇고, 아무렇게나 비스듬하게 매달린 색 바랜 포스트잇의 간절함이 그렇고, 반쯤 시들어가는 식물도 그렇다. 그것은 끝이라고 말하면 시작이 되는 이름, 얼룩이 되는 이름이기도 하기 때문이다. "피가 나면 피가 나게 두고, 썩어가면 썩어가게 두는 것, 아니 스스로 상처 속에서 자꾸만 몸을 움직여서 상처를 살아내고 싶다는 생각. 아물지 마라, 죽어도 아물지 말아서 무늬 따위는 생기게 하지 마라"고 말하는 사람은 스스로 무늬가 되고 있다는 말.

폐허인들 어떤가. 유적인들 어떤가. 나뭇잎을 지나 떨어진 물방울이 말라가는 동안, 물방울이 말라가며 내 이름을 숨기는 동안 폭풍처럼 흔들린다 한들 또 어떤가. 간절함이 희미해지는 것은 견딤이 아니다. 간절함을 살아내는 일, 그것이 견딤임을 여름의 화단이 말해준다.

세상으로부터 지워진 내 이름도 어디쯤에서 비처럼 내릴까. 흐지부지 늙어가는 일도 나쁘지만은 않다고, 나는 이제 더는 이해받지 못한 열망에 대해 말하지 않는다. 그렇게 나의 여름 화단은 겨울을 끌어안고 운다.

나의 식물들은 어쩌다가
나를 만나서

내 나름대로는 할 걸 다 했는데도 불구하고, 하나둘 잎을 떨어뜨리며 말라가던 아이들, 이미 죽었는데 그것조차 모르고 끝없이 화분에 물을 주던 기억들. 화분의 식물들이 물에 빠져 죽는 줄도 모르고 나는 그랬다. 지금은 뭐 그럴 수도 있다고 생각하지만 처음엔 이것도 무슨 예지몽처럼 생각되거나 내가 똥손임을 드러내는 것 같아서 마음이 몹시 좋지 않았다. 지금은 그런 일이 드물긴 하지만 없는 일은 아니다.

그렇게 나를 떠난 식물들이 있었다. 아니, 많았다. 그렇게 죽은 식물들을 화분째 마당에 데려와 파헤쳐보면 여러가지 이유가 있기도 하고, 그 이유를 여전히 모를 때도 있다. 하지만 그런 것과 상관없이, 슬프지 않던 마음이 마르거나 썩은 뿌리를 보면 아주 우울해지는 건 사실이다. 아프면 아프다고 말을 하지, 좀. 괜히 신경질을 내보지만 뭐 식물들이 무슨 잘못인가. 하여튼 그다음부터는 좀 더 자주 식물들의 안색을 살피기 시작한 것은 맞다.

어떤 식물은 아프다는 말이 내게 건너오는 동안 한 계절이 다 지나간 적도 있다.

식물이나 나나 살아가는 게 세상의 중력으로 가능한 한 멀리 걸어보는 일 같다.

뿌리는 그렇다. 보이지 않는 곳에서 보이는 것들을 만들어주는 그런 힘을 가졌다. 죽은 뿌리를 꺼내 흙을 털어준다. 비로소 아무것도 아닌 생은 슬픈가, 슬픈 것이 아니라고 해야 하나. 저 많은 손가락, 발가락들은 가늘고 슬프게 빛나는 방향들을 여전히 가리키고 있다. 난 그것만은 기억하려고 한다.

그렇게 내 마음을 오래 아프게 했던 식물이 '유칼립투스'다. 몇 번을 키우겠다고 시도해봤는데, 아직도 성공하지 못했고, 몇 번의 실패 후에는 키우기가 두려워 시도를 못하고 있는 아이다. 다른 사람들은 햇볕과 물만 잘 주면 절

대 죽지 않는 아이라고 말하는데 난 참 어렵다.

문제는 그것이다. '잘' 혹은 '적당히', 이건 아이가 자라는 환경에 따라 모두 다른 법이어서 어떤 것 하나가 정량화되어 정답이 되지 않는다는 것이다. 결국 어느 정도의 '감'이 동반되는데, 나름으로는 그래도 조금은 안다고 생각하지만 나는 도저히 그 '적당'을 찾지 못한 셈이다. 이 아이는 잎을 쓰다듬거나 화분을 옮기기만 해도 그 향이 얼마나 매력적인지 모른다. 그 작고 동글동글한 잎 때문에 꽃다발에도 배경처럼 들어가는 아이인데, 나는 너무 많은 아이들을 떠나보냈다. 언젠가 화원에서 전문가에게 물어보았더니, "물을 좋아해서 흙이 오래 말라 있으면 죽기 쉽고, 또한 물을 자주 줬을 때의 과습에도 약하다"고 했다. 그 말을 듣고 나니 더 어려웠다.

나는 물을 너무 부족하게 준 것일까? 아니면 너무 많이 준 것일까?

더 큰 문제는 이 아이는 죽어가는 동안에도 내색을 하지 않는다는 것이다. 어찌하지 못할 상황이 되어서야 잎이 말라버리는데, 그땐 이미 늦어버린 후였다. 왜 아무 내색이 없었을까? 그야말로 버티고 버티기만 하다가 어느 끝에서 그만 툭 놓아버렸을 마음을 생각하면 또 그렇게 나를 떠난 사람들이 생각난다. 그들도 그랬을까.

/

아이비,
우리들의 짜식이

우리 반 교실 칠판에는 항상 뭔가가 적혀 있다. 깨끗한 경우를 거의 본 적이 없다. 불안과 도피를 꿈꾸는 솔직한 문장부터 비장한 각오는 물론, 내 얼굴, 심지어 옆 반 혜미 샘의 얼굴까지 수시로 그려지고 지워졌다. 가끔은 옆 반 아이들도 뭔가를 적어놓고 간다.

여기에 적히는 문장들은 학년이 올라갈수록 재밌어진다. 비장해진다. 격렬해진다. 그러나 불안은 없다. 교묘하게 감출 줄도 안다. 그래도 3학년은 3학년이다. 감추어둔 불안이 여러 형태로 갑자기 쏟아지기도 한다.

몇 해 전 새로운 학기를 막 시작했을 무렵, 교실에서 키울 생각으로 아이비 화분을 가져갔다. 아이비는 극심한 건조, 극심한 과습, 극심한 저온, 극심한 광량 부족, 극심한 환기 불량 등에도 잘 버티는 아이다. 거기에 그치지 않고 잘 자라기까지 한다. 그러다 보니 아주 흔한 식물이지만 무늬로 또는 잎의 모양을 조금씩 달리하는 것으로 그 종류만큼이나 어여쁨을 드러낸다.

그날 아이들이 지어준 아이비의 이름은 '짜식이'. 무슨 이름을 그렇게 짓냐 했지만 그래도 아이비의 이름은 짜식이가 되었다. 그 후로 짜식이는 우리 반 교실에서 함께 자랐다. 우리가 각자의 시를 읽고, 합평하고, 시를 쓰는 동안 짜식이도 늘 함께 있었다.

난 그런 게 좋다. 뭔가를 꼭 같이하지 않아도 함께한다는 것, 그런 시간을 함께 살아낸다는 것. 우리가 식물을 키우는 가장 중요한 이유일 테니.

짜식이는 잘 자랐다. 아이들이 돌아가며 물을 주었고, 어느 날은 교실 창가에서, 어느 날은 복도 창가에서 발견되기도 했다. 그리고 짜식이라는 이름표도 달았다.

그렇게 봄이 가고, 여름이 가고, 수시입학 원서를 넣고 하나둘 합격 소식이 들려오고, 수능시험을 보고, 정시 준비를 하던 아이들도 하나둘 합격 소식을 전해오더니 차츰 보이지 않았다. 곧 졸업이었다. 그때까지도 짜식이는 복도 창가에서 잘 자라고 있었다. 아이들이 뛰어다니던 복도는 조용했다. 복도는 조용하면 안 되는 거라는 걸 새삼 또 깨달았다.

방학을 앞두고 짜식이를 집으로 데려왔다. 그리고 짜식이는 지금도 거실 창가에서 잘 자라고 있다. 가끔 아이들의 소식을 듣는다. 여전히 시를 쓰는 아이들, 여전히 시 쓰기는 어렵다거나 이젠 못 쓴다거나, 아예 안 쓴다고 하는 '짜식'들도 있다. 이주빈, 특히 너 이 짜식.

그래도 우리 집 아이비는 늘 싱싱하게 잘 자란다. 날마다 신난 모습이다. 어찌 안 예쁠 수가 있을까.

꽃 트럭을 타고
어디든 가고 싶어서

기다림의 이유들이 만들어내는 가파름으로, 그런 가파름만이 갖게 되는 극진함으로 몸이 부풀어 오를 때 꽃은 피어난다. 매해 4월의 체위는 그렇게 처음으로 만들어진다. 열망으로 가득한 껍질들 속에서 밤새 체위는 깊어질 테고, 나도 그렇게 조금 살아도 좋겠다고 생각하는 4월. 내 슬픔의 발목을 햇살이 드는 쪽으로 돌려놓고 싶은 그런 봄.

전철역에서 내려 집으로 가는 길에 꽃 트럭이 있다. 2.5톤짜리 파란색 트럭인데, 아저씨 얼굴은 보기가 쉽지 않다. 아저씨는 항상 운전석에 앉아서 라디오를 듣거나 주무시거나 딴짓을 하고 계신다. 왜 그러실까 궁금했지만 물어본 적은 없다.

그런 생각을 한 적이 있다. 나도 다음에 꽃 트럭을 해볼까? 새벽같이 일어나 큰 꽃시장에 가서 그날 팔고 싶은 꽃을 사고, 오늘은 망원동으로 내일은 서교동으로, 서울 온갖 곳을 매일매일 도장 찍듯 다니면서 갑자기 생긴 꽃밭처럼 작은 트럭과 함께 앉아 있으면 어떨까.

그럼 나는 식물들 옆에 나란하게 서 있어야지 하는 생각. 일단 난 아침에 일찍 못 일어나고, 그러는 게 싫기는 하지만 못할 것도 없지 않을까? 늦게 출근하고 늦게까지 서 있는 꽃 트럭을 하면 되니까. 뭐 안 되면 밤에만 팔아보는 것도 나쁘지 않을 텐데, 뭐 이런 되도 않는 생각을 한다.

어쨌든 트럭 앞으로 작은 꽃 화분들이 일렬로 줄지어 서 있고, 행운목이나 금전수 같은 식물들은 트럭 선반에 실려 있다. 트럭에서 파는 식물들은 비교적 흔하면서도 한해살이 식물이 많다. 그런가 하면 꽃다발을 만들어두는 경우도 많다. 그리고 드물게 나이가 꽤 들어 보이는 식물들 몇도 구석을 지킨다. 일반적인 꽃 트럭의 풍경이다. 그리고 화분마다 가격이 붙어 있다. 그러니까 가격 흥정은 안 하시겠다는 말씀인가 싶은데, 대부분 가격이 착하다. 그렇지 않더라도 이상하게 식물을 살 때 가격 흥정을 잘 안 한다. 그냥 왠지 그게 그렇다. 그냥 그러면 안 될 것 같다. 어쨌든 주인아저씨가 재촉의 눈길을 보내진 않으니 트럭 앞에서 오래 꽃을 바라보아도 마음이 편하니 좋다.

생각해보면 화원이든 꽃 트럭이든 식물을 파는 사람들은 대부분 그렇다. 손님에게 별 관심이 없다는 듯한 태도 말이다. 난 그게 너무 좋다. 지금 사는 동네에도 할아버지 꽃집이 있고, 재래시장에도 매일 꽃 트럭이 온다. 매일 같은 자리에 서 있다. 그런데 그렇게 늘 있는 꽃집보다는 이렇게 가끔 오는 꽃 트럭을 만나면 기분이 더 좋다. 작은 화분 하나라도 사야 할 것만 같다. 꽃을 훔쳐본 값도 있으니까. 그리고 4월이라면 그냥 마음이 부풀어 있을 때 아닌가.

집에는 그렇게 데려온 아이들이 많다. 대부분 작은 화분에서 자라는 아이들이다. 이건 어느 날의 퇴근길, 이건 어느 일요일 한낮에 골목을 거닐다가 갑자기 만난 트럭에서, 이건…. 어느 날부터는 기록을 하지 않게 되었다. 봄이 조금씩 지날 무렵부터는 꽃 트럭을 만나는 게 쉽지 않다. 언제나 같은 자리를 지키는 꽃 트럭도 많지만 난 이렇게 가끔 선물처럼 오는 꽃 트럭이 좋다. 갑자기 그날 하루가 선물이 되기 때문이다.

춤을 추기로 해요.
미끄러지자고 손을 잡고 울어요.
내일이 없어 즐거운 방향들

혹시 바깥에 비가 왔나요. 빗방울이 무릎을 적시고 발목으로 흘렀나요. 그렇다면 우리는 또 다른 꿈으로 옮겨간 것이 겠지요. 막막해서 끝이라고 생각했나요. 끝을 끝까지 살아보면 좋은지 나쁜지 알 수 있을까요. 그건 외로운 일일까요. 정말 그런가요. 모든 뒷모습에는 흰 드레스처럼 흔들리던 여름이 있고, 갈색 약병 속 알약들처럼 굴러다니던 젊은 날도 있습니다. 어제 닿았던 사람의 살 냄새가 아직 남아 있는데 낮이 되었습니다. 이제 안쪽으로부터 비가 내릴 것입니다. 부디 즐거운 방황을.

좀 우울한 봄날이었다. 햇살은 좋았고, 따뜻했다. 그렇게 다 좋으니까 우울함도 자꾸만 자라고 있었다. 습관처럼 차를 타고 꽃을 보러 갔다. 내가 사는 연신내에서 차를 타고 조금만 나가면 서오릉이 있는데, 서오릉 건너편 도로를 두고 양옆으로 화원들이 꽤 길게 자리 잡고 있다. 이곳에 자주 오는 이유는 우선 집에서 가까운 거리이고, 주인 눈치 안 보고 편하게 꽃과 식물을 볼 수 있기 때문이다. 꽃집 주인들은 손님을 따라 다니지 않는다. 그건 여기만 그런 게 아니라 어느 꽃집이나 그렇다. 난 그게 몹시 좋다. 오히려 조금은 무심한 듯 자신들의 일에 열중하는 편이다 보니, 나는 마음 놓고 꽃과 나무들을 볼 수 있다. 그냥 꽃이나 보자 하는 마음으로 나오지만 언제나 집에 돌아갈 때는 내 옆에 어떤 식물이든 한두 개가 늘 함께 있었다.

봄날의 우울은 왜 오는 걸까. 습관적인 우울인데도 정신을 못 차릴 때가 많다. 나는 식물을 보는 건지, 내 생각을 수습하려는 건지도 모른 채 여러 꽃집을 돌아다닌다. 식물 인테리어라는 말, 그 문장에서 '인테리어'라는 말이 싫다. 그런 게 멋진 것처럼, 안 하면 안 되는 것처럼 하는 것도 싫다. 너무 공들이려고, 너무 이해하려고 하는 것도 싫어, 키운다는 말도 싫어, 죄다 싫어, 라고 사춘기 아이처럼 짜증을 낸다. 그러면서 나도 식물들의 자리를 가끔 바꾸어준다. 햇볕이 필요한 아이들에게 돌아가며 자리를 만들어주고, 벽지 색깔에 맞춰 자리를 바꿔주기도 하고,

내 기분에 따라 맨 앞에 두거나 다른 식물 뒤로 밀어두기도 한다. 나는 부조리한 세계 같다. 그래놓고 좋아서 한참씩 흐뭇하게 바라본다. 에잇. 나는 그런 나에게 온갖 짜증이 난다. 이런 날은 나의 좌우명에 가까운 '그러거나 말거나'도 안 통한다. 도무지 답이 없다.

생각이 괴로운 것은 그 끝이 없기 때문.

어딘가에 닿아 쓰러지지 못하기 때문.

가만히 안아주면 한꺼번에 이해되는 것들이 생각을 입고 끝없이 괴로워진다. 때로는 한 뼘의 거리가 이 세계를 결정하고, 때로는 세상의 어떤 거리도 단번에 안아줄 수 있다. 그러므로 마음의 거리는 세계와 나를 규정짓기도 한다.

오늘 내가 걸어간 거리가 나의 생활이라면 오늘 내가 걷지 못한 거리와 골목의 풍경들은 무엇으로 남아야 하는가. 어느 거리에서 당신을 만나고 어느 거리에서 우리는 이별을 하는지.

세상 속에는 또 얼마나 많은 세계가 숨겨져 있으며, 우리가 세상 모든 골목을 다 걸어갈 수 없듯이 자유는 어떤 단절에서부터 비롯되기도 하는 것.

닿아서 비로소 썩어갈 수 있는 것, 비로소 일정한 방향을 갖게 되는 것.

괴로움의 끝에 가는 일, 그 골목을 걸어보는 일, 그것이 이제 비로소 자유로워지는 일. 때로는 그렇다는 것.

별 이상한 문장들이 머릿속을 날아다닌다. 시끄러워, 좀.

내가 그러거나 말거나 우울한 생각은 식물처럼 뿌리를 내리고 싹을 틔우더니 신나서 꽃까지 피운다. 지랄이다, 정말. 나나 너나.

꽃집을 한 바퀴 다 돌았는데도 심사가 뒤틀린다. 이건 우울도 아니다. 우울이 이럴 리가 없지 않은가. 꽃집 근처에는 겨울에 쓰고 아직 치우지 않은 연탄재가 몇 줄씩 쌓여 있다. 기세 좋게 한번 걷어차면 좀 풀릴까 싶은데, 안도현의 시가 생각나서 그만둔다. 왜 연탄재를 그렇게 의미화시켜놓은 거야, 도대체.

그보다는 사실 그걸 걷어차고 나서 감당해야 할 일이 더 걱정이긴 하였다.

근데 이상하다. 꽃집을 한 바퀴 돌면 어떤 우울도 좀 가라앉곤 했는데, 오늘은 좀체 가라앉질 않는다. 그런 봄이었고, 그래도 난 그 봄을 무척이나 사랑하였다.

사이를
사는 일

모든 관계에는 사이가 있다. 우리는 그 사이에서 즐겁고
또는 조금 외롭거나 그립다. 가끔 그 사이가 만져지기도
하고, 그 사이로 숨어버린 마음 때문에 오래 걸어야 했으
며, 말 없는 입술을 바라봐야 했다. 그러나 벽돌을 벽돌이
게 하는 것은 그 사이가 사이로 남아 있기 때문이듯 당신
과 나 사이에 사이가 있어 우리는 각자인 채로 우리일 수
있는 것. 그러므로 모든 벽壁은 벽인 채로 벽이 아니다.
무수한 틈에 잠시 놓인 이름일 뿐, 그 틈으로 손을 넣거나
스며들어 조금 잠을 자는 일 그런 게 모두 생활이다.

사이가 사이로 남을 수 있는 것은 그 관계가 밀접하게 서
로를 이해하기 때문이다. 빛과 어둠에도 그런 사이가 있
다. 세상 어떤 사물도 그 이름만큼의 사이를 가지고 있다.
그 이름을 이름이게 하는 비어 있음, 그 때문에 아름답다.

어떤 사이에는 강물이 흐르고 강물이 깊어져 그리움이 되고 고독이 되고 그래서 존재가 되는 것. 살아가는 일도 그렇게 사이를 견디는 일 혹은 견딤을 사는 일. 접힌 자리에 생긴 주름을 보면 안다. 접혀 있으므로 펴질 수 있고, 어두워질 수 있고, 어두워질 수 있어서 빛의 바탕이 되기도 하는 것. 그러므로 설명할 수 없는 것은 설명하지 않아도 된다. 당신과 나 사이에 무언가가 그저 '있다'면 그것으로 아름답다.

그러니까 뭐든 좋으려면 일정한 사이가 있어야 한다.

식물과 사람 사이도 그렇다.
좋으면 좋은 만큼의 사이를 갖자. 그런데 그게 안 된다. 그게 안 되는 내가 좋긴 하지만 말의 앞뒤가 안 맞아서 당황스럽다.

마당에 서서 화단을 본다. 저 아이들은 너무 가까워서 저렇게 서로 간섭하고, 그것을 버티느라 힘도 들겠고, 저 아이들은 너무 멀어서 미리 당겨 쓴 미래가 있을 것 같고, 나는 또 이유도 없이 복잡하고 비생산적인 생각으로 앉아 있다.

틈은 틈대로 또 하나의 세계입니다. 그 어떤 불안보다도 우리의 생활은 씩씩하고 용감해져야겠다고 생각해봅시다. 어떤 결핍이든 하나의 사이일 뿐입니다. 결핍이 사이가 되기 위해서 우리는 그 속에 온몸을 던지는 것인지도 모릅니다. 그 사이에 발 내리고 꽃 피우는 것이 어찌 채송화만의 생활이겠습니까. 틈을 지상으로 이토록 끌어올려 허공에 무수한 틈으로 다시 돌려보내는 일, 그것이 우리의 생활이면 좋겠습니다.

그렇지 않니, 채송화야?

"뭐래."

그래도 원추리야, 내 말 좀 들어봐.

어떤 슬픔은 아무것도 조준하지 않지. 그렇다고 그 슬픔이 가벼운 것은 절대 아닌데, 그건 무엇이라 불러야 하지? 내 사랑의 욕망을 무기로 타자에게 침투하고 나를 찔러 넣는 것이 아니라 오히려 내 상처를 통해 내 사랑을 스스로 보이는 일 있잖아. 이런 쓸쓸함이 이 세계를, 우리를 끌고 가는 방향이 될 수는 없을까?

…

너희들은 왜 말이 없니?

사람들은 왜 담장 아래에
꽃을 심을까

내가 참 사랑하는 풍경 중의 하나는 담장 밑에서 식물이
자라는 풍경이다. 그냥 어디서 날아와 스스로 제 몸을 부
풀린 아이들도 있지만, 누군가의 손길이 분명히 보이는
그런 풍경 말이다. 우리 아버지도 그랬고, 우리 동네 대부
분의 담장 아래도 그렇다. 그 풍경을 만들어낸 사람의 마
음은 어떤 모양일까.

식물은 분명 어떤 경계를 단절이 아닌 공간으로 만드는
거룩한 재주를 가졌다. 경계이면서 경계가 아닌 공간. 사
람들은 그걸 이미 알았던 게 분명하다. 담장은 말 그대로
경계다. 집의 담장은 집과 길을 나누고 집과 집을 나누는
곳에 서 있기 때문이다. 그거 있다고 못 넘을 높이가 아니
고 못 가져갈 것도 없을 텐데 생각해보면 집집마다 담이
있다.

그리고 그 담장 아래엔 뭐든 식물을 심었다.

그렇게 담장 아래 식물을 심은 사람들은 아마도 세상 밖으로 한 발쯤 몸이 기울어 있을 것 같다. 그리고 그 기울어진 부분은 분명 명랑할 것이다. 명랑해서 누군가를 마구마구 좋아하는 사람일지도 모른다. 식물을 심으면서 간지러워 마음에도 물이 들었을 것이다. 아마 식물처럼 발목도 붉어졌겠지. 피가 돌아서 말갛겠지. 삶에 부딪혀 출렁이는 마음으로 식물을 보았겠지. 무엇이든 꼭 쥐어 보는 손이었을 거야. 애초에 사람의 모든 손은 그랬을 텐데. 무엇이든 가만히 체온을 나누고 싶은 걸 거야. 그 사람의 마음에는 경계가 아닌 길이 생겼을 거야. 또 다른 골목이 생겼을 거야. 구름이 조금 생겨났을지 모르고, 열 손가락의 방향이 오직 식물을 향해서 열렸을 거야.

그렇지 않겠어요?

그런 담장의 풍경을 보고 있으면, 여긴 누구의 마음속인가 싶어 오래 앉아서 풍경에 빠진다. 어떤 온기 하나가 먼지처럼 구석에서 자라는 게 보인다.

/

파꽃 필 때
나는 환상이다

여름은 어찌나 무심한지, 그 무심함으로 구름을 밀어 올리고, 여름에 허공은 가장 깊어져서 모든 게 다 멀다. 다 멀어서 쓸쓸하고 설렌다. 그리고 그런 풍경들이 오늘 나의 화단에 와서 쓸쓸함과 설렘 사이에 어린 나무를 키우는 것이다. 좀 간절하지 않아도 좋겠다. 깊어지지 않아도 좋겠다는 마음이 생긴다면 그건 다 어린 나무들의 말을 들었기 때문이다.

바람에 조금씩 팔랑이는 이파리들이 밀어가는 여름 사이로 이제 더는 안간힘으로 견디지 않았으면 싶다는 생각이 드는 건 얼마나 행복한가. 난 다시 화단을 물끄러미 바라본다. 막막함을 달래주는 마음, 어떤 끝은 이렇게 한없이 둥글어지기도 한다.

서른이 좀 지났을 때부터 들었던 생각, 참 많이도 살았구나, 난 이제 어디로 뛰어내려야 하지? 그런 생각을 지금도 한다. 그런 생각은 날마다 새롭다. 내 삶에서 단 하나의 기억으로만 꽃을 피울 수 있다면 나는 어떤 꽃으로 필까. 세상의 모든 꽃이 그렇게 핀 건 아닐까 하는 생각.

파꽃 필 때 마당은 환상으로 가득하다. 개종한 사람들과 나무들이 잠시 희미해진다. 인도 영화를 보러 떠나야 할 것 같다. 그러니까 오직 이 끝에서 꽃피기 위해 지리멸렬의 생을 비워냈던 것이냐고 누군가 내게 물어봐주었으면 싶다. 내가 사랑한 통속은 어디쯤에서 비워졌을까. 파꽃은 이렇게 나도 감당하기 어려운 생각도 들게 한다.

때로는 그렇지, 아니 내 삶의 대부분이 그랬지. 삶이라는 것이 결국 지리멸렬한 반복의 연속이라는 거. 비우지도 채우지도 못한 채 멈추어 풍경이 되고, 기억이 되고 무늬가 되어가는 삶의 결에 대하여 통속이 아니면 뭐가 진짜 아름다운 것일까 생각해본 적이 있지.

파는 자라면서 빈속을 빈 것으로 꽉꽉 채워가고 빈속의 힘으로 비로소 파꽃을 밀어낸다. 파꽃이 피는 것은 그렇게 빈 것이 밀어내는 힘 덕분이다. 내가 사랑한 만큼의 절반도 세상이 날 사랑하지 않아서 쓸쓸할 때 나는 파꽃 앞에 서 있다.

날마다 아무도 마중 나오지 않는 길을 걷는다.

나를 밀어가는 것은 내 뒤의 발자국과 이젠 없는 방향들.

발자국 위에 내 발을 대어보는 것은 함께 어두워지고 싶어서였다. 분명 그랬다. 그 오랜 분열의 방향에 대해 알지 못하였으므로 내가 할 수 있는 것은 한껏 어두워지는 일. 이 하나의 발자국 아래가 모두 절벽으로 일어설 때까지 꼼짝없이 어두워지는 것.

세상의 그 숱한 사람들, 그 숱한 발자국들 속에서 딱 하나의 발자국만 보일 때 빈 것이 밀어 올리는 그 정직함. 그런 통속을 나는 사랑해. 누가 나에게 사랑해, 라고 말하지 않아도 나는 그래.

파꽃이 그렇게 말하고 나는 고개를 끄덕이던 어느 여름날 저녁. 갈 곳이 없다고 생각하면 천지간이 길이어서 자

꾸 나는 나를 만져보았다. 피는 자리와 지는 자리가 한 몸
이어서 나는 빈집처럼 고요해진다. 있음과 없음이 그러
하여 한 번 더 고요해진다.

그건 다
여름이라 그래요

당신으로부터 가장 멀고 긴 편지의 끝에서 여름이 시작
된다. 어떤 절망이 이리도 한가로울 수 있을까 싶다면 그
건 이미 여름이 시작되었다는 말. 그 한가로움이 당신을
자꾸만 불러내 숨 막히게 하는 이유. 당신의 발목을 자꾸
데리고 가는 이유.

그러니까 여름은 당신이 이 세상에 보낸 모든 질문들에
대한 답장. 당신이 밤새워 쓴 연서戀書에 대한 답장 같은
거.

비록 당신이 다 읽지 못해도 세상의 모든 답장들이 날마
다 도착하는 계절. 얼마나 좋은지 몰라요. 아직 멀었다는
거. 끝이 보이지 않는다는 거. 이 폐허를 다 지나려면 멀
고 멀었으니 좀 반짝인들 어떤가요. 걸어도 모자라기만

하는 페허조차도 날마다 융성해지는 폐허 속에서 오늘도 편지를 쓴다.

나의 화단은 여름이다.

물옥잠이 피었고, 세상을 오므려 꽃 한 송이 속에 가만히 밀어 넣으려면 오후 세 시쯤이 좋을 것 같은데, 그러면 두 시부터는 기차를 타려는 사람들이 조금씩 기울어지겠지요.
거기서 뭐 하냐고 누가 물어보면 아, 난 아무것도 하지 않아요, 라고 대답합니다.
그러니까 너는 아픈 거구나.
네, 그런가 봐요.
가만히 신발을 신는 일은 전부를 건다는 말. 고요 속으로 들어가 함께 아파도 좋겠다는 말. 물옥잠이 딱 하루만 꽃을 피운다는 걸 몰랐어요.

여름 화단을 보면서 나는 매일 이런 생각들을 하며 놀았다.
여름 화단은 언제나 열대처럼 나를 현실이 아닌 어떤 공간으로 데려다 놓는다. 덕분에 늦잠이 아주 많은 나지만 여름에는 비교적 일찍 일어나는 편이다. 아침 일찍 물을 주어야 한다. 마당에 있는 수도에 빨간 호수를 연결하고 빨간 호수를 뱀처럼 늘이면서 이리저리 물을 주는 시간. 이것만큼 신나는 일도 없다. 다 아는 이야기지만 볕이 강한 여름에는 이른 아침이나 밤에 물을 준다. 해가 뜨거울 때 물을 주면 돋보기 현상으로 잎이 타버릴 수 있다.

빨간 뱀은 화단 깊숙이 그냥 넣어두어도 된다. 마지막으로 빨간 뱀을 내 발목에 대고 물을 뿌리면 나도 식물처럼 기분이 흐뭇해진다.

시 읽어주는
밤

내가 아는 어떤 시인은 고양이에게 시를 읽어준다고 했다.
나는 식물에게 그런 짓을 한다. 가끔, 아니 자주, 비밀이다.
듣는 식물들은 좀 괴로울지도 모르겠지만 그래도 나는
한다. 나와 살아가려면 당신도 좀 참아야지 어쩌겠어요,
그런다. 나는 조용조용 시를 읽어준다. 밀서를 전하듯.

그래, 오늘은 누가 들어줄 거야. 답은 정해져 있어. 그래,
거기 고개 돌리지 마, 올리브나무. 그래, 당신. 자, 들어보
세요.

이제 나는 나만 파먹으며 견딜 거야.
누구도 묻지 않는 안녕의 시간을 저녁 식탁 위에 차려놓고
오래오래 밥 먹을 거야.
내게 이토록 많은 끝.

어떤 피의 이름도 내 안에서는 풍요로운 잎사귀, 이제 병이 깊어서 이마까지 차오르는 노래들이 마치 유령 같구나. 유령 같아서 좋은 귀신 같아서 좋은 당신이 오면 좋겠어요.

에휴 지겨워, 맨날 그런 소리 좀.
이제 그렇게 말하지 마. 그만 죽어버리고 싶다고 중얼거리지도 마.
당신은 당신에게 좀 더 다정해도 돼.

그러거나 말거나 나는 올리브나무에게로 더 바짝 붙어서 시를 끝까지 읽어준다. 시를 다 읽어주고서야 나는 혼자서 마음이 뿌듯해진다. 어쩌냐, 부끄러워서 사람들에겐 못 읽어주겠으니 네가 들어줘야지, 안 그러냐.

올리브나무는 고개를 절반만 내게로 향한다. 보이는 절반은 좀 한심해하는 것 같고, 안 보이는 절반은 감동한 거겠지?

난 그냥 그렇게 믿고 살아간다. 그냥 허무맹랑한 믿음은 절대 아니다. 식물들과 오래 살다 보면 이런 터무니없는 믿음이 생기기도 한다. 안 믿어지는가? 그럼 해보시라. 이

건 확인할 수 있는 사실이니까. 아닌가?

그런 밤을 나는 아주 유익하다고 생각하고 기분이 좋아
진다.

그럼 뭐 어쩌겠어. 달빛이 있는 쪽으로 화분을 조금 밀어
줘야지.

비 오는 날 빗방울이
유서처럼 읽힌다면

스무 살 때 죽고 싶었고, 스무 살이 되어서는 서른 살에
죽고 싶었고, 서른 살이 되어서는 마흔 살에 죽고 싶었고,
마흔 살이 되어서는, 되어서는… 나도 염치라는 게 있지
이젠 나이를 말하진 않는다.

최선을 다하는 삶은 대략적으로 싫다. 별로 근사해 보이
지도 않는다. 그래도 최선을 다해야 할 때가 없지는 않다.
어쩌면 죽는 일도 그중에 하나는 아닐까 생각해보곤 한
다. 비가 오는 마당을 바라보며 이런 생각을 하곤 한다.

비가 오는 마당을 바라보는 일은 근래의 내 생에 가장 행
복한 시간이다. 그러면 나는 또 그 시간을 온전히 누리지
못하고 딴생각을 한다.

어째서 비도 유서처럼 내리냐….

한 방울 한 방울이 너무도 분명하여 모든 빗방울과 일일이 눈을 맞출 수도 있겠다.

사람들은 마음을 다치면서도 어떻게든 끌어안고 살아간다. 그리고 그 '어떻게든'조차 어쩌지 못하고 함께 데리고 산다.

자꾸만 내가 보였다 안 보였다 하는 그런 시간을 걷는 일, 그런 저녁을 맞는 일에 대하여 생각한다.

비 오는 날은 하루 종일 마당만 바라보는 때가 많다. 할 수 있는 게 오직 그것뿐이던 시간도 있었다. 그러다 밤이 오면 방으로 들어가 잠을 자고 아침이 되면 마루에 앉아 다시 하염없이 마당을 바라보고 그런 시간을 살았다. 그렇게 그 '어떻게든'의 시간을 살아내는 동안 식물들은 말없이 곁에 있었다. 그래서 우리는 그런 시간 속을 가끔 함께 걷는다.

그런 시간을 견디는 데 특별한 방법은 없다. 그냥 견딘다.

그 그냥 속에서 만나는 것들이 있다. 때론 그것이 내게는 '시'라는 이름으로 다가오기도 했다. 그러고 보면 시와 식물은 내 편이 분명하다. 강하고, 현란하고, 치밀하고, 계산된 움직임, 그런 거 말고 지리멸렬하고, 아무도 찾는 이 없고, 햇살도 바람도 나와 상관없이 불거나 지나가는 시간들. 어떤 시간은 그렇게 가끔 나를 찾아온다.

오셨군요. 그래요, 그럼.
하고 싶지만 그게 그렇게 안 된다.

문제는 그것이다. 나는 어디에도 속해 있지 않다는 것. 그리고 난 그런 상태를 원한다는 것. 이 심각한 불균형의 불안조차도 내가 어쩌지 못할 때 마당에 비가 온다.

나는 천국과 천국의 비하인드 속을 왔다 갔다 혼자 고요하니 바쁘다. 그러다가 또 습관처럼, 기계처럼 몇몇 화분을 마당에 내어둔다. 그리고 식물에게 묻는다. 너는 어떤 간절함에 쫓기면서 살아가니?

답이 없는 시간 속을 오래도록 바라본다.

비를 맞는 식물들이 미동 없이 비를 맞는다. 어떤 대항의 움직임도 없이 오직, 고스란히, 막막하게.

너는 또 내게 그렇게 살아보라고 말을 하는구나, 미운 것들.

너무 애쓰지 마,
지치면 약도 없어

잘 싸우려면 좀 대충 살아도 되겠다. 매일 가파르고 열렬하게만 살 수는 없는 일 아닌가. 그러고 보면 '지리멸렬'이란 말도 꽤 근사하다. 비 오는 날만 골라서 숨 쉬러 나오는 지렁이처럼, 뭐 그러다가 말라죽기도 하겠지만.

식물들은 제 속의 가파름을 쉽게 드러내지 않는다. 열 번을 감추어 안 되면 열한 번을 감추고자 한다. 못 알아채는 나의 무심함인지, 아니면 내가 다 알 수 없는 마음인지를 아직도 모르겠다.

반려동물을 키우는 사람들이 모이면 자신들이 키우는 아이들 이야기를 하느라 정신없다. 언젠가 고양이를 키우는 사람들을 만났는데, 그들이 고양이 이야기만 하는 통에 나는 한마디도 못하고 철저히 이방인으로 앉아 있어야 했다. 그래도 누구 하나 나와 눈도 맞추지 않았다. 문제는 그러면서도 아주 신이 나셨다는 거다. 그렇게 확인할 필요가 있을까 싶다가도 그렇게들 외로운 거야 싶다가도 그래 뭔들 어떠랴 싶다.

그런데 식물을 키우는 사람들은 좀 다르다. 잠깐씩 정신을 놓으며 신나서 이야기하는 것은 크게 다를 건 없지만 그래도 좀 짧다. 이야기 주제를 바꾸면 아쉬운 듯해도 따라온다. 그런데 가끔은 동물이건 식물이건 너무 충실한 집사를 만나면 거북하다.

너무 애쓴다. 애써. 그러다 지치면 약도 없는데 싶다. 좀 둥둥해져야 하는 거 아닌가?

나는 식물 실내등도 없고, 서큘레이터도 안 해주었고, 식물과 같은 공간에서 담배도 피우고, 화나면 짜증내고, 꽃 며칠 더 보고 싶은 알량한 욕심에 비에 꽃 질까봐 우산을 씌우곤 했는데, 그럼 난 무지 미안해해야 하는 거구나 싶지만, 그럴 마음은 없다. 연인 사이도 그렇고 모든 사이가 그렇다. 너무 애쓰지 않았으면 한다. 너무 애쓰면 지치니까.

이런 건 다 식물을 키우면서 든 생각이다. 식물은 즉각적인 움직임도 없고, 매일의 드라마도 없고, 매일의 이야기도 없다. 한 계절쯤은 흘러야 이야기도 할 게 있고, 한 일년쯤 지나야 기억할 무늬도 생긴다. 오래 두고 바라볼 대상이니 너무 애쓰지 말고 바라봐야 한다. 어떤 날은 아주 없는 듯, 마치 식물로부터 잠시 놓여난 것처럼 식물을 바라볼 수 있어야 한다.

식물만 그런가, 사람도 그렇다. 어떤 열망과 기대가 매일의 드라마를 만든다면 그런 관계를 난 믿지 못한다. 때론 무표정하게 혹은 적대적이거나 상처 같은 것도 무심히 바라봐주는 것만으로도 그 관계는 더욱 단단해진다고 믿는다. 자유롭게 풀어줄 수 있다는 것, 그게 의외로 힘이 세다고 믿는 것인데, 나만 그럴지도 모르겠지만 이 또한 나는 식물로부터 배웠다.

굳이 말하지 않고, 묻지 않아도 내가 거기 있음으로 꽃은 핀다. 입장을 바꿔 나 또한 그렇다. 중요한 것은 그것이다. 나의 개입으로 바뀌지 않을 것들이 있고, 나의 개입으로 그것과 나의 생이 더 쓸쓸해진다고 생각될 때가 있다. 그래도 그냥 둠은 버려둠이 아니라 거기 그냥 둠으로써 끌어안는 방식이 될 수 있다. 그리고 그런 끌어안음은 굳이 스스로 열렬하다고 소리치지 않아도 깊고 따뜻하다. 그러니까 너무 호들갑스럽지 말자는 말이다.

그저 그것을 그대로 있는 존재로 받아들이면 된다. 그것이 식물과 살아가는 혹은 견뎌내는 방식이면 좋겠다는 것이다.

식물은 그럼에도 날마다 말을 한다. 보이는 것을 밀어 올리는 보이지 않는 것들에 대해.

내가 기다린다는 것을
들키지 않아야 한다

그냥 기다리면 언젠가 찾아올 것이라 믿고 기다리던 식물이 있다.

그러니까 이 식물들은 잡초의 대명사 같은 것이기도 한데, 정도가 심하여 문제의 잡초라고도 불리는 것들이다. 개망초와 달개비가 그것이다. 모든 꽃이 사랑스럽지만 이 두 아이들은 그냥 내 마음이 기울던 그런 식물들이다. 어디에나 흔한 식물, 특별히 심거나 키우거나 하지 않아도 먼저 와서 자라는 아이들이다 보니 사람들은 이 꽃들을 만나도 이름을 불러주지 않는다. 시내를 조금만 벗어나도 흔하디흔한 식물이고 시내에서도 버려진 땅이나 공터에서는 아직도 심심찮게 볼 수 있다.

내게 먼저 찾아온 아이는 달개비이다.

언제 왔는지도 알 수 없었는데, 앵두나무 밑에서 자라기 시작해서는 여름 내내 작고 예쁜 자주색 꽃을 숱하게 피워 올렸다. 아침 일찍 피었다가 저녁이 되기도 전에 거짓말처럼 꽃을 거두어갔다. 식물을 만나면 마음이 기우는 건 솔직히 달개비만은 아니지만 그런 기울어지는 마음의 결은 식물마다 다르다. 달개비는 조금 아픈 거 같다.

누구에게나 삶의 지도가 있다. 지도의 등고선은 그가 살아온 삶의 내력을 따라 가파르거나 완만한 곳이 생겨나겠지만 내 삶의 지도는 참으로 가파르다고 생각한 적이 많다. 하긴 모든 시인들은 그렇게 생각할지 모른다. 시를 쓴다는 것은 그렇게 가파른 삶의 내력 쪽으로 더 마음을 주는 일이기도 하니까 말이다. 더불어 실패를 실패로 멈추는 것이 아니라 그 실패를 끌고 앞으로 나아가려는 자들이기도 하다. 그리고 우리는 그것을 삶이라고 부른다. 그렇게 말하면 참 쉬운데, 그 쉬운 걸 못 살아서 이리 힘든 걸 보니 참 못난 모양이다. 나는.

그러니까 어느 때부터인가 달개비가 있었다.

그 이름을 처음 알게 된 날부터 그게 좋았다. 달개비라는 이름이 좋았다. 달개비라서 좋았다. 고개를 잘 들지 않는, 하지만 꽤 단호한 옆얼굴, 당신이 뭐라든 나는 괜찮다고 휩쓸리지 않을 것 같은 줄기, 내가 좋아하는 이름을 가진 맨드라미, 종려나무, 무화과, 해당화, 패랭이, 채송화, 하늘나리, 할미꽃… 과는 다른 이름.

달개비도 물고기처럼 몰려다니며 핀다. 그늘도 씩씩하게 밟고 간다. 오늘도 있고, 내일도 있고, 다음 날에도 거기 있을 거라는 믿음이 있었다.

여전히 너는 거기 있고, 나는 이렇게 떠돌았으니 난 빚진 느낌이다.

그래도 내게 왔다.

말하진 않았지만 오래 기다렸다. 말하지 않을 거지만 오래 기다렸다고. 모른 척하겠지만 네가 와서 너무 좋았다고. 그렇게 말하진 않겠지만….

사물과
식물

늘 같은 자리에 있는 것이 있을까? 언제나 한자리에서 나를 기다려주는 것들, 세상에 그런 게 있을까?

사물들이 그렇긴 하다. 자동차가 그렇고, 책상이 그렇고, 책장에 꽂혀 있는 책이나 아무렇게나 놓인 안경이며 약병들 모두 그렇다.

이런 생각을 하면 내 눈에 보이는 어떤 사물도 고맙지 않은 게 없고, 사랑스럽지 않은 게 없다. 그런 것들을 다 죽은 거라고 생각하지 않았으면 좋겠다.

자동차를 보면 특히 그렇다. 눈이 오나 비가 오나, 단 한 발자국도 움직이지 않고 나를 기다려준다. 그렇기에 자동차의 공간은 다른 사물과는 달리 특별한 공간이 되기도 하고, 폐차장으로 보내는 차를 보이지 않을 때까지 바라보며 한참 동안 못 움직이기도 한다.

하물며, 식물은.
내 곁을 떠날 수 있을 테지만⋯.

마음을 다 주는 일은 어렵다. 나는 살면서 그러지 못했다. 내가 죽을 거 같아서. 나는 좀 덜 아프겠다고 얄팍해지는 마음이 많았다.

부끄럽고 창피하다. 참 못났다 싶을 때가 많다. 너무 많아서 또 죽고 싶어지기도 한다.

또 이런다, 나는. 다시 도망가고 싶어지는구나 싶어서.

사물들은 왜 움직이지 않을까. 왜 내가 둔 곳에 그대로 있을까. 왜 나를 기다리고 있을까.

다행히도 식물들은 꼭 그렇지는 않은 것 같고, 나는 그게 정말 좋다. 그러니까 사실 살아 있는 모든 것은 모두 움직인다. 다만, 내가 못 보는 것이다.

아무 말도 없이 자라고, 하루 종일 햇살을 바라보고, 몸을 세우고 마음을 세워 제 할 일을 한다. 어쩌면 정말로 중요한 것은 보이지 않는다면, 그런 말들이 다 진실임에 분명하다는 것을 식물에게서 배운다.

그뿐인가. 사람의 얼굴이 세월에 따라 달라지듯 식물들의 몸도 얼굴도 그렇잖은가. 힘겹게 새잎을 밀어 올리고, 최대한 멀리 끝을 밀어가는 식물의 생활은 다시없는 스승이기도 하다.

밤의 식물들이
쓰는 동화

나는 항상 모든 방문을 열어둔다. 그러면 그나마 좀 깊은 집이 된다. 좁은 건 괜찮지만 얕은 집은 견디기 힘들다.

언젠가 내 집을 짓는다면 세상에서 계단이 가장 많은 집을 짓고 싶다. 잠도 계단에서 자고, 밥도 계단에서 먹고, 계단에 숨고, 오르고 내려가고 또 내려가고.

무엇보다 계단마다 식물을 두고 싶다. 얼굴이 보이게 세워놓고 찍는 단체 사진처럼 그렇게 다 얼굴이 잘 보이게 제 높이마다 세워주고 싶다.

방문이 열린 탓에 침대에 누워 고개를 돌리면 식물들이 있다.

밤의 식물들은 또 다른 근사함이 있다. 신비롭다. 소설적이거나 시적이기보다는 확실히 동화적이다. 특히, 겨울이 다가올 무렵이면 월동이 가능한 몇 나무들을 제외하곤 모든 화분들을 집 안으로 들여오게 되는데, 요맘때 집은 그야말로 환상이다. 좁은 공간 탓에 두세 줄로 늘어선 식물들을 보며 샛길을 걷듯 요리조리 내 몸을 돌려서 가는 재미도 있지만 무엇보다 밤이 되면 비로소 환상이 시작된다.

옆집의 불빛만이 아주 희미하게 들어오는 거실은 숲처럼 보인다. 숲처럼 자라고, 숲이 되기도 한다. 숲이 되면 이곳에서 꿈이 펼쳐진다.

식물들의 실루엣이 출렁거리면서 낮은 해안가가 생겼다가 사라지곤 했으며, 어느 때는 자기들끼리 춤을 추기도 한다. 그러다가 갑자기 키가 자라나 온 집 안을 뒤덮을 듯하다가 갑자기 온순해지는데, 나도 가끔이지만 그 속으로 들어갈 수 있다.

내 키보다 커다란 화분들 사이를 걸어보거나, 오렌지자스민나무의 잎사귀 아래에서 갑자기 나타난 동물들에 놀라기도 한다. 기린을 만나 적도 있고, 내가 그토록 키우고 싶은 당나귀가 지나가기도 했다.

오, 제발 이건 환상이 아니라 실제다. 밤의 식물들은 이 세계를 한없이 깊어지게 만드는 주술사 같다. 따뜻하고 든든하다. 장난치고 싶다. 숨고 싶다. 울고 싶다. 그래도 모든 게 이루어지는 꿈이다. 이 모든 게 다 가능하다니. 확실히 밤은 모든 것을 신비롭게 한다.

그림자도 없이 어떻게 이렇게 깊어질 수 있을까? 마치 내가 살면서 두고 온 모든 것들이 다시 내 앞에 나타나는 것 같은 기분. 그건 좀 슬프고 두렵기도 했지만…. 이렇게 밤이 사랑스러워진 것도 역시 식물 때문이다.

아침에 일어나보면 식물들은 세상 고요하다. 하긴 밤새 놀았으니 이해할 수 있다. 아마 이 식물들은 내가 일하러 나가면 또 어떤 재미난 놀이를 할지 모른다. 분명 그럴 것이다. 나 없이 너무 재미있으면 안 되는데 싶지만, 뭐 그래도 괜찮다. 내가 집으로 돌아오면 고개를 쭈욱 빼고 맞는 정도의 의리는 있으니까.

/
밤의
공항

그런 사람을 몇 보았다. 쓸쓸하면 공항에 가는 사람들. 나
역시 그렇다. 몇 년 전에는 공항에 자주 갔었다.

공항에 가서 하는 일이란 창밖으로 떠나고 돌아오는 비
행기를 한없이 바라보는 일이다. 오고 가는 많은 사람들
을 보면서 그 속에 섞여들어 좀 숨어 있다가 조용히 공항
을 빠져나오곤 했다. 신기하게도 그러고 나면 또 며칠은
견딜 만했다.

언젠가는 공항에서 제일 가까운 곳에 옥탑방을 얻어서
살고 싶었다. 그래서 열심히 찾아본 적도 있다. 영화에서
본 장면처럼 옥상에 누워서 지나가는 비행기의 아랫배를
보거나, 창문을 가로지르며 일정하게 오고 가는 비행기
를 보는 일은 생각만으로도 설레고 좋았다.

그리고 밤이 오면 비행기의 불빛들이 또 그렇게 한 곳을 향해 내리고, 한 곳에서 올라가는 모습을 생각했다. 모든 것을 뒤로하고 지금 여기만 아니면 된다고 생각했던 절망의 시간들을 살았던 때가 그랬다.

나는 지금도 그렇게 마음이 쓸쓸하면 공항에 가고 싶어진다.

그리고 요즘은 마루에 앉아 하염없이 마당을 바라본다. 저녁부터 밤이 오고 밤이 깊어지도록 내내 그러기도 한다.

어느 봄날의 저녁 무렵이었다. 첨벙첨벙 꽃이 피고, 정원에는 드디어 물고기가 가득했다. 나는 물장화를 신고 정원을 쏘다녔다. 집도 물에 잠길 듯했는데, 불안하지 않고 아늑하고 좋아 보였다.

화분들 사이로 헤엄을 치거나 해당화 그늘 속으로 헤엄치는 날들이 많아졌고, 밤이 되면 깜깜한 날들 속으로 배를 타고 나가기도 했다. 배롱나무를 지나 자두나무 마을을 지나, 비교적 빠른 물살이 흐르는 석류나무 그늘쯤에선 한숨을 돌리기도 한다. 그러다가 하늘을 보면 비행기

불빛들이 천천히 움직이는 게 보였다.

날마다 더 멀리 갈 수 있다는 것이 좋았다. 그럼 언젠가는 돌아오는 길을 잊게 될 테니. 나는 이제 무언가를 두고 떠나는 일은 하고 싶지 않다. 나는 이제 다시는 무엇인가를 두고 오는 그런 일은 하고 싶지 않다. 잘못 살아서 미안하다고 물속의 나무들에게 몇 번이나 고백한다.

그럼에도 밤의 공항은 내가 영원히 그리워할 곳이라는 걸 안다.

꽃을 피우는
괴로움에 대하여

일 년 중에 딱 하루만 꽃을 피우는 식물들이 있다. 지난해 여름 열대야를 한참 지나고 있을 무렵 피었던 물부레옥잠이 그렇고, 종류에 따라서는 달개비, 채송화, 분꽃, 원추리, 나팔꽃도 그렇다. 여러 송이가 연이어 피어나서 그것을 잘 느끼지 못할 뿐이다. 아메리카 대륙의 어느 선인장은 일 년에 딱 한 번, 그것도 한밤중에만 꽃을 피운다고 한다.

그런 꽃들을 보며 드는 생각. 기쁨은 짧고 슬픔은 길구나…. 식물이나 우리나.

오랫동안 꽃을 피우거나 단 하루만 꽃을 피우거나 모든 꽃을 피우는 것들의 마음은 어떨까. 그건 극한의 괴로움일까? 기쁨일까?
뭐 그런 생각까지 해야 해?

그냥 꽃을 보고 좋으면 된 거지.

맞다. 맞는데….

식물을 키우다 보면 꽃을 기다리게 되는 것은 인지상정
이다. 꼭 그것을 결과처럼 요구하는 마음이 아니라 할지
라도 어떤 교감의 선물처럼 와준다면 그것은 기쁜 일이
분명하다. 나 역시 그렇다. 꽃을 보는 일은 즐겁고 고맙
다. 나는 언제나 꽃보다 연두라고 외치지만, 그건 그것대
로의 마음이 있고, 이건 이것대로의 마음이 있는 것이니
너무 탓하지 말기를.

나에겐 그렇게 오래 꽃을 기다린 식물이 있다. 별사탕 같
은 꽃이 무리 지어 피는 '호야'라는 식물이다. 지금도 몇
년째 함께 살고 있지만 한 번도 꽃을 보지 못했다. 이 아
이를 내게 데려다준 친구 은영이는 거의 해마다 꽃을 본
다고 했다. 꽃이 피면 사진을 찍어 보내주곤 했는데 볼수
록 매력적인 꽃이다.

사실 호야는 키우기가 아주 쉬워서 가장 흔한 식물이기
도 하다. 다육이의 종류로 실제 키우는 데 어려움이 거의
없다. 꽃을 못 봐 아쉽지만 사실 호야의 매력은 잎에도 있

다. 막 나올 때 흰색이나 분홍색의 잎 색깔도 그렇고, 지속적으로 새잎을 내주다 보니 한 몸에 여러 색의 잎을 달고 있는 모습을 보는 것만으로도 즐거움을 잔뜩 전해주는 아이다.

음… 아니, 저기요. 그래도 꽃을 좀….
호야 꽃을 본 이후로 부쩍 욕심이 생겼다.

호야는 다육식물이죠. 그래서 호야는 관수와 햇빛 관리가 중요한데 물 주는 주기와 햇빛이 꽃을 피우는 데도 가장 큰 역할을 합니다. 물 많이 주면 죽거나 비실대고 물 안 주면서 키우면 겉으로는 비실대지만 나중에 성품이 되면 꽃을 보게 해줍니다.

물어본 사람마다 이런 대답을 해준다. 이건 마치 열심히 살면 성공합니다, 와 같은 말이 아닌가. 물론 다육식물이니까 죽는 이유는 과습이 가장 큰 이유겠으나, 저는요, 꽃을 보고 싶다고요.

아, 그러면요. 겨울에는 두 달에 한 번, 화분 속이 펄펄 끓는 여름에는 한 달에 한 번 정도만 물을 주시고요. 봄이나 가을에는 꽃이 피거나 잎이 자라는 성장 시기로 이십 일에 한 번 화분이 살짝 젖을 정도면 충분합니다. 그래도 물 주는 시기를 잘 못 맞추겠다면 호야 잎을 손으로 만져봤을 때 잎이 아주 얇게 되거나 쭈글쭈글 주름이 잡히기 시작했을 때 물을 주면 됩니다.

아, 저기요. 그렇게 했다고요. 그래서 잎이 얼마나 싱싱하고 예쁜지 모른다고요.

아, 그러면요, 햇볕을⋯.

그렇게도 했습니다만⋯.

그런데요, 호야는 추운 겨울을 겪어야 이듬해 꽃을 더 많이 피우기도 합니다. 그리고 너무 큰 화분에 심으면 꽃이 피지 않습니다. 뿌리가 자라는 만큼 성장하느라 꽃 피우는 것을 잊게 되지요. 뿌리가 가득 찬 화분이 꽃을 피우게 만드는 적합한 환경이고요, 분갈이는 거의 하지 않아도 됩니다.

아, 그럼 괴로움이나 슬픔이 꽃이 된다는 것인가요?

아니, 뭐, 꼭 그렇게 말할 것까지야….

그제야 몇 가지 의문이 풀렸다. 우리 집 호야는 비교적 큰 화분에서 자라고 있고 친구는 호야를 작은 커피 컵에다 키웠다고 했다. 그렇다면 이 아이는 아주 주체적으로 키워야 하는 거였구나. 제 생의 극한으로 견디는 삶이 필요한 거였구나 하는 생각들. 그럼, 꽃 피기를 기다리지 말아야 하는 걸까?

식물들 중에는 그런 식물들이 꽤 있다. 대부분의 난蘭도 그중 하나이며, 소나무도 주변 환경이 위태로울 때 가장 많은 솔방울을 만들어낸다. 그러니까 어떤 식물들은 제가 가장 위태로울 때 꽃을 피우는 셈이니, 꽃 피는 괴로움이라 해야 할지도 모른다.

생각해보면 꽃 피우는 일이 괴로움일지도 모르겠다. 하지만 반대로 괴롭고 슬프니 내가 보인다는 말도 맞겠다. 또 생각해보면 시를 쓰는 사람들도 좀 그렇기도 하다.

그럼, 나는 우리 집 호야의 꽃 보기를 포기해야 하는 걸까?

2부

내가

편애하는

식물

두 사람의 옆얼굴,
불두화와 수국

여인초와 극락조화만큼 일반적으로 조금 헷갈리는 식물이 있다면 불두화와 수국이다.

불두화는 어린 시절 아버지가 많이 키우셨기 때문에 유년의 뜰에서 흔하게 보던 꽃이었다. 나무처럼 제법 크게 자라서 불두화가 만발할 때는 마당 전체가 한 송이 큰 꽃처럼 보일 정도였다.

수국도 있었는데, 웬일인지 수국은 마당 귀퉁이에 늘 조그맣게 자리 잡고 있었다.

그러고 보면 아버지도 편애하는 식물이 있었던 게 분명하다. 아버지는 불교 신자는 아니었지만 어머니와 함께 '심정적 불교인'이라고 말씀하셨다. 한번은 어머니가 아주 많이 아프셨는데, 아버지는 집에 들인 작은 불상 혹은 불두화 앞에서 기도를 하셨고, 편지를 써서 꽃에게 읽어주기도 하셨다. 내용은 물론 엄마가 빨리 낫게 해달라는 것이었다.

그 후 오랜 고생 끝에 어머니가 죽을 고비를 넘기고 살아오시자 아버지는 다시 예전의 당신으로 되돌아갔다. 참 아버지도.

아무튼 아버지께 꽃 이야기를 자세히 들은 건 불두화가 처음이었다. 불두화 꽃은 대략 부처님 오신 날을 전후로 해서 만발한다거나, 꽃 모양이 부처님 머리 모양을 닮아서 그런 이름이 붙여졌다거나 하는 이야기를 그때 들었다. 아버지는 어머니의 쾌유를 비는 편지를 불두화와 내가 있는 앞에서 천천히 읽어주시고는 이 꽃은 부처님과 마찬가지니까 어머니는 꼭 나을 거라 말씀하셨다. 그래서였는지 난 아직도 불두화를 보면 뭔가 기도를 해야 할 것 같은 마음이 든다.

우리 집 마당에는 불두화가 두 그루 있는데, 이 년 차 되던 해에 키가 불쑥 자랐다. 그냥 두면 그야말로 나무처럼 자라기도 해서 조금 잘라주어야 했다. 아버지와 함께 보던 꽃송이만큼은 아니지만 꽤 여러 송이 꽃이 피었다. 꽃이 필 때는 연초록이고, 활짝 피면 흰색이 되는데, 둘 다

절대적으로 예쁘다.

이렇게 꽃잎이 뭉쳐서 한 송이가 되는 꽃들은 공중에 뜬 물방울 같기도 하고, 흩어진 조각구름 같기도 하여 곧 사라질 것 같은 마음에 애간장을 태우게 한다.

그에 비하면 수국은 아주 다르다. 지인에게서 데려온 이 아이는 의도하지 않았는데도 살펴보니 마당 담장에 붙어서 자리를 잡았다. 여기서도 주변인 셈인데, 다행히 이 아이도 나처럼 그러거나 말거나 잘 자란다. 그리고 불두화가 지고 몇 주 후쯤 꽃이 피기 시작했는데, 불두화보다 조금 큰 송이에 분홍빛으로 피었다. 흙의 성질에 따라 꽃의 색깔이 달라진다고 하니 올해엔 어떻게든 보라색 꽃을 보고 싶기도 하다.

그리고 수국은 꽃이 피어 있는 기간이 제법 길다. 어느 소설가는 어떤 글에서 수국을 수다쟁이라 표현했다. 그러고 보니 소복이 모여 수다를 떨고 있는 듯 보이기도 한다.

그럼 나도 같이 끼어 앉아볼까 싶지만, 사실 이 아이들을 수다쟁이로 보기엔 무리가 있다. 나는 이 아이들이 모여서 떠드는 걸 본 일이 없다. 다들 자기 식대로 이야기하는 것을 몇 번 보았을 뿐이다. 그러니까 뭉쳐서 각자 자기 이야기를 한다. 참 이상하면서도 신비한 식물이다.

수국은 장마철인 6월에서 7월 사이에 핀다. 불두화와 수국은 이렇게 꽃이 피는 시기도 다르지만 가장 큰 차이점은 잎 모양이다. 수국은 잎이 깻잎 모양을 닮았고, 불두화는 잎의 끝이 세 갈래로 나눠진 모양이다. 이게 두 꽃을 구분하는 가장 확실한 방법이다. 그러나 늘 그렇지만 꽃 이름을 아는 게 뭐 그리 중요한가. 흰 개는 흰둥이, 검은 개는 검둥이라 부르던 어머니는 어떤 개든 온 마음을 다 주면서 돌봐주셨다. 뭐, 그러면 되는 거지 싶다.

여기가 아닌 다른 곳을 꿈꿀 때
흑법사를 보았다

원산지는 카나리아제도, 모로코.
모로코… 아이오니움 아트로푸르푸레움(Aeonium arboreum
var. atropurpureum).
나는 이 아이와는 끝까지 친해지지 않을 생각이다.
마음도 주지 않을 거다.

마음도 받지 않을 거다.

나의 유일한 이방인으로 남겨둘 것이다.

어느 날 그만 콱 죽고 싶어지면 그래도 같이 갈래? 그렇게 말해야 하기 때문이다.

나는 네가 자꾸 좋은 걸 어쩌지 못해, 채송화

요즘은 채송화 보기가 쉽지 않다. 기억 속에서 가장 흔한 꽃 중의 하나지만 아무래도 서울이라는 환경 때문이지 싶다. 그러다 보니 어느 집 담벼락 아래에서 우연히라도 만나게 되면 나는 그 옆에 찰싹 쭈그리고 앉아서 아주 오랫동안 채송화의 생활을 생각한다.

세상에 이렇게 순하고 착한 아이가 또 있을까 싶다. 아기 종아리 같은 통통한 줄기에 작은 꽃들을 이고 어디 갈 생각도 없이 앉은 그 자리에서 살림을 시작하는 모습이 그렇다. 그래도 얘는 가만히 두면 세간처럼 줄기를 오래 뻗으며 여간해선 그 자리를 비켜나지 않을 자세로 당당하다.

채송화를 보려면 나도 꼭 쭈그려 앉아야 한다. 그리고 몸도 좀 수그려서 가까이 보아야 한다. 신기하게도 그렇게

오래 보고 있으면 갑자기 나의 모든 생활의 폐허가 이해
되기도 하고, 농담 같은 구름도 사랑할 수 있을 거 같아서
마냥 기분이 좋아지는 것이다. 바짝 엎드린 채 제 할 건
다 하는 모습이 그렇다.

지나가는 사람들로부터 이상한 시선을 받으면서도 그렇
게 옆에 딱 붙어서 이런저런 몽상만으로 채송화의 생활
을 생각해보면 그날 하루치의 밥을 다 먹은 느낌이다.

채송화 옆에 앉아 있으면 좋아서 나는 자꾸 웃는다. 오랜
친구를 만나자마자 욕이 먼저 나오는 그런 즐거운 만남
이다. 괜히 말 걸고 싶어서 채송화 주변의 흙들을 손가락
으로 꾹꾹 눌러보기도 한다. 아이 좀…, 채송화가 그러지

말라고 해도 나는 좋아서 자꾸만 채송화 주변을 건드린다. 좋으면 괜히 장난치고 싶어 하는 마음, 그런 게 있어도 어디 그럴 데가 없었는데, 잘 만났다 싶다.

또 그러다 보면 살면서 들었던 죽고 싶었던 마음들, 저 구름을 밀어 올린 무심한 마음들, 나 없이도 더없이 아름다울 세상들, 이제 어떻게 살지, 라고 웅성거리는 모든 것들과 노래가 되지 못한 이야기들이 속수무책 무장해제된다. 그 작고 통통한 줄기와 손톱 같은 꽃잎을 만나면 말이다.

또 오래 생각한다. 언젠가 나의 부음을 채송화가 제일 먼저 받아보았으면…. 문상객으로 채송화가 제일 먼저 와 준다면 얼마나 행복할까.

채송화 씨앗은 또 어떤가. 그 작디작은 은빛 혹은 검은색의 씨앗들을 손바닥 위에 올려놓으면 어떤 우주의 모습보다 아름답다. 그 씨앗 하나가 우주이고, 다시 다가올 오늘일 테니 이처럼 아름다운 별이 또 있을까 싶은 것이다. 그래서 나는 다 그만두고 채송화 옆에서 살고 싶어진다.

뭐, 그럴 수도 없겠지만 그렇게 생각만으로도 좋아서 나는 채송화 시를 쓴다. 이 시를 쓰면 채송화에게 제일 먼저 읽어줘야지 생각하며 시를 쓴다. 내가 쓴 시를 듣고 채송화는 제 씨앗마다 한 글자씩 꼬깃꼬깃 담아주겠지? 그리고 어느 해 여름, 꽃을 피워 세상으로 그 글자들이 담긴 엽서를 보내주겠지?

그래 그럴 거야. 이 다정한 나의 안간힘을 채송화는 알아줄 거야.

그럼 그렇고말고. 응, 분명, 꼭, 언제나.

이것은 분명 그렇다. 다 받아주고 알아줄 거라는 거, 이게 채송화의 힘이다. 채송화라는 자연, 채송화라는 또 다른 우리들이 있으니까.

내게 없는 '명랑'을 이해하기 위하여,
형광덴드롱과 형광스킨답서스

요즘 나는 형광 삼 형제에 푹 빠져 있다.

나의 형광 삼 형제는 형광스킨답서스, 형광스파트필름 그리고 형광덴드롱(필로덴드론 레몬 라임)이다. 스킨답서스는 물론이고, 다른 두 아이들 모두 종류가 매우 많은 식물인 데다가 집에서 비교적 키우기 쉬운 아이들이다. 하지만 그 앞에 '형광'이 붙은 아이들은 더욱 특별하다. 어떤 꽃도 대신할 수 없는 형광 연두는 아무리 오래 보아도 그 명랑함에 즐거워지기 때문이다.

그런 명랑함이 난 늘 부럽다. 내게는 도저히 없는 것들이기 때문이다. 나는 어둡고, 구석을 좋아하고, 말이 없고 그런 이미지들을 가졌다. 명랑함은커녕 부끄러움이 차고 넘친다.

그러나 사실 나는 비 오는 날보다도 아주 화창하게 맑은 날을 좋아하고, 구석도 좋지만 한가운데도 좋아하고, 편한 사람을 만나면 장난치는 것도 좋아한다. 그렇긴 하지만… 확실히 명랑함은 없다. 특히나 형광 삼 형제가 보여주는 속없는 명랑함은 더더욱 내겐 없는 것들이다.

형광색이라고 하지만 사실은 내가 좋아하는 연한 연두 혹은 노랑 연두색인데, 모든 식물의 처음 나오는 잎들은 연한 연두에 가깝다. 그러니까 이 형광 빛은 빛이 없어도 빛이 나는 생에 가깝다.

사실 막 생겨나는 것들치고 세상에 예쁘지 않은 것은 없다. 어떤 식물이라도 그러하다. 만져보고 싶은 살 느낌이다. 그런데 이 아이들은 어느 정도 잎이 자라도 여전히 그런 연한 연두색을 유지한다. 그것이 햇살이라도 받을 때면 그 연함이 속살까지 미쳐서 어찌해야 할지 모를 정도다. 뭐라 뭐라 말을 하는데, 잘 알아듣진 못해도 그 옹알거림을 듣고 있으면 뭐든 다 내줘야 할 것 같다.

식물에 가격을 붙이는 게 좀 그렇긴 해도 이 아이들은 가격도 너무 착하다. 작은 아이들은 커피 한 잔 값이 채 안 된다. 그뿐만이 아니다. 식물 초보자들이 가장 두려워하는

죽음에 대한 공포도 크지 않다. 그만큼 생명력이 강하다. 충분하면 좋겠지만 그러지 않아도 약간의 햇살과 바람, 그리고 물만 주면 언제나 그 명랑함이 유지된다. 꽃? 그런 거 필요 없다. 꽃보다 연두라는 나의 생각을 확인시켜주는 가장 확실한 증거다.

볕이 거의 들지 않는 창문만 있는 집에서 살던 시절에 기르던 유일한 식물은 스킨답서스였다. 정확하게 말하자면 그 집에서 유일하게 살아남은 식물이었다. 석양 무렵의 지는 햇볕만 겨우 그나마도 짧게 드는 창문이 유일하게 외부와 연결된 공간이었기에 나는 좁은 창틀 위에 여러 식물들을 데려다 놓았다. 그러나 내가 관리를 잘못한 탓인지 그 어떤 식물도 끝내 살아남지 못했고, 스킨답서

스만이 어렵게 어렵게 버텨주었다. 그 시절을 그렇게 버티면서 살아주었던 스킨들은 아직도 나와 함께 살고 있다. 그중에는 십 년을 넘긴 아이도 여럿이다.

그러다가 최근에 형광 삼 형제를 데려왔다. 평소에도 늘 '꽃보다 연두'라는 말을 좋아했는데, 그건 딱 이 아이들을 두고 하는 말이다. 특히, 어린잎들의 영롱한 형광색은 차라리 레몬 빛에 가깝다. 이 찬란한 연두는 이것 하나만으로도 내가 최고로 편애하는 식물이 되었다.

'명랑'이라는 단어는 사실 나와 아주 먼 말이다. 너무 멀어서 지금도 여전히 어색하고 불편하다. 하지만 이들 삼 형제를 통해 만나는 이런 명랑은 나의 우울을 달래주는 더없이 가까운 친구이다. 특히, 스킨 종류와 달리 잎사귀가 길어지는 덴드롱은 어떤 무늬도 없이 오직 연한 연두로만 길어지는데 한번 만나면 절대 헤어지지 못할 반려식물이다.

형광스파트필름은 잎사귀가 그에 비해 좀 작지만 무늬가 독특하다. 줄무늬들이 연두를 끌고 가기도 하고 막아서기도 한다.

내가 즐거울 땐 조금 속없는 명랑함으로, 내가 우울할 땐 가만히 내 편으로 다가서는 아이들. 끝내는 내가 돌봐주고 싶어지게 하는, 세상에 나의 쓸모를 다시 만들어내는 그런 아이들이다.

강아지 같은 살가움,
보스톤고사리

나는 작은 마당에 자라는 풀들은 거의 뽑지 않는다. 우연히 달개비가 자라는 것을 보고는 너무 기뻐서 며칠 동안 설레기도 했고, 강아지풀이나 개망초가 피기를 기다린 적도 많았는데, 아쉽게도 개망초는 아직까지 마당에서 보지 못했다.

강아지풀도 스스로 나의 마당을 찾아왔다. 시골은 물론이고 도심에서도 심심치 않게 흔히 볼 수 있는 한해살이풀이다. '강아지풀'이란 이름은 이삭(꽃)의 모양이 강아지의 꼬리를 닮았다 하여 붙여진 이름이라고 한다. 농사를 짓는 분들 입장에서는 보기 싫겠지만, 식물 자체가 귀한 도심에서 살다 보니 가끔 만날 때면 그 초록만으로도 반가운 풀이다. 또 유년 시절 그것을 꺾어 들고 만나는 사람마다 목덜미를 간질이던 기억이 떠올라 미소를 짓게 하는 풀이기도 하다.

강아지풀의 꽃은 여름철에 줄기의 끝에 달리는 이삭꽃차
례에 모여서 피는데 긴 털이 달려 있어 강아지 꼬리처럼
부드럽다. 가만히 쥐어보면 정말 강아지 꼬리를 만지는
것같이 살짝 깔끄러우면서도 부드럽다. 긴 줄기 끝에 매
달린 이삭의 무게로 부드러운 곡선을 만들며 휘어진 모
습은 꽤나 근사하다. 흔해서 대접을 못 받을 뿐이지 관상
용으론 그만이다.

마당에 제가 알아서 찾아와준 강아지풀이 있다고 하면,
실내 화분에는 고사리가 있다. 우리가 식용으로 먹는 고
사리 말고 원예용으로 수입하거나 개량된 다양한 종류의
고사리들 말이다. '에버그린', '에버잼', '트라이 칼라', '엑
셀 타타', '후마타' 등 고사리를 검색하면 다양한 원예용
고사리를 만날 수 있다.

지금 나와 동거하는 아이는 '보스톤고사리'로, 가장 일반
적인 편이다. 열대 아메리카가 자생지이며, 조금만 잘 키
우면 화분을 덮을 정도로 녹색 잎이 무성한 가정용 양치
식물이다. 양치류이므로 그늘에 놓아도 시들지는 않지

만, 햇빛이 부드러운 봄과 가을엔 볕에 많이 노출시키는 것이 좋다. 겨울철을 나며 거의 성장을 멈춘 아이를 마당의 반양지에 내놓고 여름을 났더니 포기도 반듯하게 자라고 잎의 색깔도 윤택을 띠며 살아났다.

사실, 강아지풀과 고사리, 이 두 식물은 전혀 관련이 없다. 그냥 내 느낌으로만 묶어놓았을 뿐이다. 어느 식물이든 어머니가 살아서 보셨더라면 나도 모르는 사이에 치우셨을 게 분명하다. 이런 풀을 무엇에다 쓰려 하느냐 하시면서 말이다. 하긴 시골에 살고 있다면 뭐 그럴 수도 있는 일이다. 고사리는 흔했으니까. 그러니까, 아니 그래서 나는 이 두 식물에 대해 특별한 편애의 감정을 갖고 있는지도 모른다.

고사리는 아주 작은 바람에도 흔들린다.
어떤 때는 혼자서 흔들리는 것도 같다.
나는 그게 좋다.
그런 예민함이 맘에 든다.
모두가 그렇지 않으니 한 아이쯤은 그래야 하지 않을까 싶다.

예민한 식물들도 사실 많다. 물을 주는 주기나 햇볕, 바람 등 주변 환경에 잘 견디지 못하는 아이들 말이다. 그런 예민함을 언뜻 불편하게 느낄 수도 있지만, 그런 불편을 감수하고 나면 서로의 관계성은 더욱 돈독해진다.

그렇잖은가. 동거한다면 서로 어느 정도의 불편은 받아줘야 하는 것 아닌가. 그리고 그런 불편함은 오래지 않아 불편함이 아닌 또 다른 기억이 되어가는 즐거움이 있다. 식물을 키운다는 것은 그런 재미도 쏠쏠하다.

예민하기로 따진다면 남 못지않은 사람이지만, 애초 난 식물과 싸울 생각은 없으니까. 그리고 뭐 싸워봐야 내가 이길 수 있을 것 같지도 않다. 죽음으로 맞선다면 내가 할 수 있는 게 없다. 그럼 뭐 이건 무조건 내가 지는 싸움이다. 그리고 보면 식물의 전투력은 최강이다.

사는 게 그런 건 아니지,
동백나무

이렇게는 죽고 싶지 않아. 이건 자존심 문제야.

개뿔이다. 죽는데 무슨 자존심.

"사는 게 그런 거지."

그 말이 너무 싫었다. 그렇게 말한 사람들은 이후로도 다시는 만나지 않았다.

"사는 게 어떻게 그래?"

맞아. 그래서는 안 됐어.

그런 시간들이 있었다. 아니, 많았다.

버틴다는 말이 나는 좋다. 적어도 피하지 않았으니까. 애초 피할 생각이 없었으니까. 그렇게 견뎌내야 비로소 그런 시간들을 사랑할 수도 있을 테니.

입술을 깨물며 그런 밤을 고스란히 걸었던 적이 있다.

봄은 온다, 여름이 왔다, 그리고 간다. 나는 여기 있는데, 모든 것은 다녀간다.

봄 속에 있던 나와 봄 속에 없는 나에 대해 생각한다.

그러고 보면 내가 여기 있다는 믿음, 그런 건 어디에 근거를 둔 것인가 내 몸을 만져본다.

근거 없음.

그것을 확인하는 게 일과였던 적이 있었다.

그래서 내 '있음'에 질문을 던지는 것으로 살아가는 일을 대신한 것인지도 모를 일. 그 있음의 문제는 영원한 숙제 같은 것이다. 그리고 '있음'은 곧 '없음'에 대한 불안과 함께 살아간다. 그 불안으로부터 '있음'도 가능해질 수 있기 때문이다.

결국, 있음은 지금 내가 이 세계에 몰입해 있음이겠지만, 그것이 과연 '나'인가의 문제는 또 다른 것일 테니 우리가 지금 살아 있다는 믿음도 그와 같지 않을까 하는 것이다. 그래서 우리는 늘 살아 있음을 확인하려 하지만 그런 확인이란 대개 찰나적인 것이다. 그 찰나라는 것조차도 이 세계와의 불일치 혹은 다름의 차이를 확인하는 것에 그칠 때가 많다.

그러나 그것 자체가 있음에 대한 확인이며, 어쩌면 우리는 그렇게 존재한다는 믿음은 맞다. 결국, 그 차이 혹은 그 사이를 걸어가는 일, 그것이 삶이 되기도 한다.

나는 사철 잎이 푸르게 살아 있는 식물을 그다지 좋아하진 않았다. 죽을 땐 좀 죽고, 그러다가 귀신같이 살아나기도 하고, 그런 게 좀 식물적이라는 생각 때문이다. 그런데 그런 생각들은 식물들을 실내에서 키우면서 달라졌다. 이제 나의 꿈은 유리 온실을 갖는 것이고, 그 온실을 통해 언제나 푸른 잎의 식물들과 함께 살아가는 것이다.

동백나무를 데려온 것도 그런 충동적인 생각 때문이었다. 얘는 우리 집에 온 지 삼 년이 지났는데 죽지 않고 버티는 게 눈에 보인다. 늘푸른나무라는 생각 때문이었는지 한동안은 잊고 있었고, 그러다가 또 한동안은 햇살 따라 옮겨주기도 했고, 비가 오면 비를 맞혀주기도 했는데, 웬일인지 꽃망울까지만 만들고 한 번도 그 꽃망울을 터트리지 못했다.
작년에는 어떻게든 꽃을 보려고 여름부터 공을 들였다. 비 오는 날도, 햇살도 모두 챙겨줬다. 그 때문인지 꽃망울이 다시 맺히기 시작했다. 기다려볼 일이다.

시인들의 시에서 동백꽃은 자주 등장한다. 동백꽃의 그 붉음 때문이기도 하지만, 가지에 매달려 시들지 않고, 새 빨간 꽃잎을 고스란히 간직한 채 통째로 떨어져버리기 때문이 아닐까 싶다. 나무 아래 가득 떨어진 붉은 꽃송이들을 보면 예쁘기도 하고, 어떤 단호한 결의가 느껴지기도 한다.

동백나무는 늘푸른잎을 달고 있으며, 주위의 다른 나무들이 활동을 멈추고 겨울잠 준비에 여념이 없는 늦가을부터 조금씩 꽃봉오리를 만들어간다. 차츰 겨울이 깊어가는데도 아랑곳하지 않고 하나둘씩 꽃을 피우기 시작한다.

그런데 우리 집 동백은 모두 자기 마음대로다. 여름에 꽃망울이 뭉치기도 하고, 그런 상태로 살다가 뭉쳐진 꽃망울을 열지도 않고 거두어가기도 한다.

그래도 버티면서 살아간다. 나는 그런 동백이 존경스럽다. 동백이 아니라면 아닌 거다. 동백이 '꽃은 피워 무엇하나 싶다면' 그 역시 그런 거다. 난 그냥 응원하기로 했다. 꽃이 아닌 동백의 결의를.

나는 지금 이대로의 나를 사랑해,
극락조화와 여인초

처음 식물을 집에서 키우기 시작했을 무렵 마음이 조급했다. 빨리빨리 많은 식물을 들이고 싶었고, 빨리빨리 키워서 온 집 안이 연두로 가득했으면 싶었다. 하지만 이러면 안 되는구나 하는 생각이 들기까지는 채 일 년이 걸리지 않았다.

역시 세상 모든 것은 어떻게 관계 맺느냐에 따라 달라진다. 애정 없는 식물 열 개보다 내게 각별한 작은 화분의 식물 하나가 더 좋은 법이다. 물론 그래도 데려다 함께 살다 보면 정이 드는 건 맞지만, 다소 예외적인 아이들이 있었는데 극락조화와 여인초였다.

집 안을 빨리 정글로 만들고 싶다면 몬스테라와 함께 이 아이들을 키우는 게 가장 확실하다. 나는 식물을 데려올 때 꽃보다는 잎을 보고 데려오는 경우가 많은데, 그러다 자연스럽게 데려온 아이가 여인초였다.

중품이었는데도 잎이 크고 키도 컸다. 이 아이는 파초과의 교목으로, 잎은 파초와 비슷하고 잘 자라면 길이는 10미터가 넘는다고 한다. 화분에서야 그렇게 자랄 수 없겠지만 그 기세만큼은 분명히 보여준다.

잎은 줄기 끝부분에 두 줄로 많이 붙어 있어 큰 부채 모양을 이루며, 잎자루 아래에 빗물이 저장되는데 그 물로 길 가던 나그네들이 갈증을 풀어서 붙여진 이름이 '여인초'라고 한다. 그러니까 여인초에서 여인은 여자가 아니라 여행자를 뜻하는 말인 것이다.

그리고 원산지는 남아프리카 온열대지방의 마다가스카르섬, 그것도 섬의 해발 1,500미터의 산지山地에서 주로 자란다고 하니 그냥 그런 이야기만으로도 좋다. 마다가스카르라니, 식물의 원산지를 떠올리면 왠지 그곳이 언젠가는 돌아가야 할 떠나온 집 같은 느낌이 들기도 한다.

극락조화는 여인초와 아주 비슷한 모양이다. 묘목 형태일 때는 이 둘을 구분하기가 쉽지 않다. 자라서도 자주 헷갈리는 아이들이다. 그만큼 비슷한 모양을 갖고 있다.

극락조화는 꽃의 모양이 극락조라고 하는 새를 닮아 붙

여진 이름이라고 한다. 꽃도 아름답지만 길고 곡선으로
곧은 잎 모양도 좋다. 꽃은 이른 봄부터 여름에 걸쳐 몇
개월 동안 화려하게 피어 있다고 하는데, 우리 집 극락조
화는 아직 한 번도 꽃을 피워본 적이 없다.

여인초나 극락조화 모두 키가 크다. 화분에서 키워도 일 미
터 이상 빠르게 자란다. 우리 집 화분에서 자라는 녀석들
도 이미 내 키만큼 자랐다. 그래서 항상 마주 보고 이야기

해야 한다. 듬직하다.

어쨌든 이 아이들은 큰 키와 크고 넓고 길쭉한 잎들로 집 안 어디에 있든 단번에 시선을 모은다. 공기정화, 난 이런 거 모른다. 그런 말도 싫다. 얘들도 좋은 공기를 마셔야지, 사람만 마셔서야 되나 싶다. 아무튼 그 연두의 큰 잎들은 보는 것만으로도 공간의 느낌을 아주 다르게 해준다. 그야 말로 '꽃보다 연두'다. 비교적 관리도 쉽다. 물 빠짐이 좋은 화분에서 물만 잘 주면 문제를 일으키지 않는다.

나는 이 아이들을 거실 창가에 두었다. 햇살은 들지 않지만 간접 햇살이 하루에 두어 시간 드는데, 그래도 새잎을 자주 올려준다. 다음에 언젠가 내 평생의 꿈인 온실을 갖게 된다면 이 아이들에게 투명한 천장을 갖게 해주고 싶다. 그 안에서 맘껏 자라보라고 말이다.

나의 '빨리빨리'와 잎을 좋아하는 마음으로 데려온 아이들이었지만, 이 아이들은 확실히 집 안을 쉽게 정글화하는 효과가 있다. 작고, 예쁜 식물들이 주는 즐거움과는 다른 느낌의 든든함 같은 것이다.

두 아이들의 구분은 꽃이 피어도 알 수 있지만, 아주 어린 묘목이 아니라면 잎사귀에서 차이를 보인다. 극락조화가 여인초에 비해 조금 더 가늘다. 그리고 잎의 끝이 둥글고 넓으며, 오목한 여인초에 비해 비교적 뾰족하고 질기다. 언뜻 헷갈리지만 막상 두 식물을 놓고 보면 어렵지 않게 구별할 수 있다. 둘 모두 잎사귀의 크기가 이국적으로 크고, 특히 여인초 잎의 초록연두는 새잎이 올라올 때나 햇살에 비쳐질 때 압도적으로 아름답다.

어쨌든 이 아이들 둘은 우리 집 거실의 풍경을 대략 결정한다. 자리를 옮겨놓으면 분위기가 바뀐다. 키가 크다 보니 같은 눈높이로 이야기를 하게 되고, 덕분에 더 자주 이야기를 들어주는 아이들이 되었다. 둘을 구분하는 것 따위는 중요하지 않다. 그런 거 하나도 몰라도 된다. 이제는 '빨리빨리'가 아니라 조금 천천히 가자고 말해야 할 만큼 성장 속도도 빠르다. 내게 또 그렇게 큰 가르침을 주는 식물들이다.

나의 비밀스런 친구,
올리브나무

지구에서 볼 수 있는 달이 한 개가 아니라 몇 개 더 있으면 좋겠다는 생각을 한다.

그리고 지구로 좀 더 바짝 붙어서 쟁반만 한 게 아니라 학교 운동장만 하면 좋겠다고 생각한다.

그러면 우주라는 게 더 실감 나게 다가오지 않을까? 실제 그렇게 된다면 지구는 아마 뒤죽박죽 또 다른 질서를 찾아야 할 것이다.

우리의 일상이 그렇다. 늘 거기 있는 것 같지만 정말 거기 있는가 하고 질문할 때, 매번 같은 시간 속을 걸어갈 때, 지금 이 시간을 걷고 있는 내가 정말 '나'가 맞는가, 라고 질문해보면 이미 우주는 우리의 손톱에도 있고, 내가 지나친 그림자에도 있고, 온통 사방이 다 그렇다.

사전적으로 일상은 우리가 노동을 하고 소비생활을 하고 가족·사회생활 등을 이루어가는 정상적이고 반복적인 생활을 말한다. 그래서 우리는 '일상'이라고 하면, '늘 그저 그런 것' 혹은 무료하고 지루한 '벗어나고픈 것'이라는 생각을 하고, 일상은 창조성과는 무관하거나 속俗적인 어떤 것이라는 생각도 하는 게 사실이다.

그러나 생각해보면 그 어떤 창조적 행위도 이런 일상 없이 존재할 수 없다. 예술이, 문학이 일상에서 가능한 한 멀리 달아나서 낯설게 하는 것도 그 존재의 근거를 일상에 두고, 최대한 늘이거나 끌고 갈 때 더 아슬아슬하고 더 아름답지 않을까 싶다.

실제적으로든 문학적으로든 일상은 우리의 삶 속에서 어떤 방향을 결정짓는 가장 중요한 바탕이며 무늬가 되고 있다. 일상을 살아 있게 만드는 힘, 그것과 유기적으로 관계 맺으며 그 삶의 건강성을 회복하는 힘, 그리고 그것을 통해서 세계와 대화하는 일, 그 대화를 통해서 일상의 이면을 드러내고 우리 삶의 의미들을 따뜻하게 만져주는 일, 그리하여 끝내 이 삶을 당신도 사랑하라고 말해주는 일.

올리브나무는 내게 그런 느낌이다.

늘 거기 있는데, 한 번도 거기 있었던 적이 없는 나무.

그래서 나와는 늘 데면데면한데, 나는 그것이 좋다.

올리브나무의 그림자는 다정하고 좋은데, 올리브나무는 낯설다.

다리가 있다면 나를 제일 먼저 떠날 것 같은 나무지만, 내게 아무도 없다면 그래도 내 곁으로 슬쩍 돌아올 것 같은 그런 나무.

열망이 없다면 절망도 없다. 그러므로 절망은 열망으로부터 온다. 오늘 하루를 살았다는 것은 오늘만큼의 열망과 그만큼의 절망을 어떻게 나아가고 견뎠는가의 기록이다. 그러나 그 모든 것은 다 마음의 일. 올리브나무는 내게 그것을 보여준다.

영원한 친구처럼,
벤자민고무나무와 아이비

세상에 정답 그런 건 없다. 그래서 때론 세상은 '망할'이
되기도 하지만, 그래서 세상은 재미도 있다. 날마다 즐거
울 리도 없지만 날마다 슬픈 것도 아니다.
사람과의 관계도 그렇다. 오래된 친구나 오래된 사람들이
좋은 것은 그런 좋고 나쁜 것들을 함께한 시간 때문이다.

식물도 그렇다.
밤새 글쓰기 작업을 하고 아침이 밝아올 무렵 담배 한 개
비를 피우며 바라보는 식물들. '너희들도 밤새 이렇게 깨
어 있었구나' 싶어서 그 연대감에 울컥한다.
'거지 같은 세상 망해버려라' 하고 저주를 퍼붓던 시절에
도 그런 나를 가만히 바라봤을 테고, 며칠이고 잠만 자는
나의 게으름도 묵묵히 지켜봤을 테고, 소리 없이 눈물을
흘릴 때도 거기 그 자리에 있었을 것이니, 어쩌면 이 식물

들이 고스란히 나를 증거하는 알리바이인 셈이다.

그러니 우리 사이에는 얼마나 많은 나이테 같은 무늬가
생겼을까 싶은 것이다.

시를 쓰는 사람들은 좀 실패한 사람들은 아닐까 생각해
본다. 생활 앞에서 실패하고 이 사회 속에서도 실패한 자
들. 그러니까 그것은 세속적 욕망의 기준에 비추어 그럴
것인데, 그래서 때로는 적극적으로 실패하려는 자들, 스
스로 실패를 향해 가기를 두려워하지 않는 자들 아닌가.
이런 생각들을 좀 해보긴 하지만, 뭐 그렇다고 꼭 그런 것
은 아닌 듯하다. 어찌 보면 그들은 또 날마다 외롭다고 징
징대고, 날마다 우울에 지쳐 밤을 살고 싶은 사람들일 수
도 있고, 그 우울의 밤을 날아가는 사람들이기도 할 텐데,
나도 조금은 그럴지 모르겠다.

벤자민고무나무나 아이비는 그런 나를 늘 응원하고 지지
해준다. 그걸 어떻게 아냐고? 그냥 알 수 있다. 그 많은 잎
들을 달고 한구석에서 구석을 견디고 있으니까.

식물은 단기간에 자라지 않는다. 그래서 식물을 키우는

데에는 조급함을 버려야 한다. 어쩌면 이런 자세는 그 대상이 무엇이든 '반려'라는 생물을 들이고자 할 때 가져야 할 가장 첫 번째 마음이 아닌가 싶다. 처음부터 중품 혹은 대품의 다 큰 아이들을 데려올 수도 있지만, 그러면 키우고 함께 자라는 것을 바라보는 즐거움은 포기해야 한다. 또한 어려운 시절이든 즐거운 시간이든 함께한 기억이 없다면 지금 누리는 것의 아름다움에도 무늬가 없는 것이니 그 진정함을 신뢰하기 어려운 부분도 있겠다.

우리 집 벤자민고무나무는 딱 그런 아이다. 나의 근거 없는 믿음은 아마도 그런 시간이 만들어준 연대감 같은 것이다.

'일상'이 '일상'이 되기까지를 생각해보면 일상이란 참으로 단단한 것이어서 그렇게 되기까지는 스스로 각을 둥글게 하거나, 한쪽 눈을 감기도 하고, 수시로 마음을 안으로 구부려 스스로 그 아픔을 다 받아내야 하는 때도 있다. 그러나 일상이 일상화되면 일상과 '나'의 관계, 거리에 대해서는 어느 순간부터 생각하지 않게 된다.

삶의 성찰이 언제나 아름답고 풍요로운 것은 아니다. 오히려 끝없이 결핍의 나를 만나는 일에 가깝다고 할 수 있다. 그리하여 끝도 없는 상실감과 상처를 한없이 견뎌야 하는 길인지도 모른다. 그럼에도 가는 것. 끝의 시작이 환히 보이더라도 멈추지 않는 것. 그게 그냥 사는 거니까. 벤자민도 아이비도 내게 그런 이야기를 하는 아이들이니까.

큰누나를 닮은 꽃,
다알리아

꼭 그런 건 아니지만 봄비라면 더없이 좋다.

서둘러 비를 맞혀주기 위해 화분들을 마당에 내놓고 그 곳을 바라보면서 담배를 한 대 꺼내 문다. 화분은 처마의 물이 떨어지는 곳의 살짝 안쪽에 둔다. 너무 세찬 비를 맞지 않도록, 그렇지만 충분히 비를 맞을 수 있도록.

처마에서 떨어지는 빗물을 보는 즐거움은 덤이다.

그러니까 그렇게 좋다는 '불멍'에 이어 두 번째쯤 아닌가 싶다. 처마에서 쏟아지는 빗물이 바닥을 치고 올라 화분으로 튀어 오른다. 물고기들이 튀어 오르는 모양 같다. 그리고 그럴 땐 노래를 들어야 한다. 막 좋은 기분이지만 그래도 가능한 한 미치도록 슬프거나 쓸쓸한 노래가 좋다.

오늘은 김윤아의 〈봄날은 간다〉를 듣는다.

"눈을 감으면 문득 그리운 날의 기억 아직까지도 마음이 저려오는 건~"
그러면 노래 하나로 내 마음은 아주 다른 세상이 된다.

모든 오해와 왜곡, 모든 절망과 희망도 관계에서 비롯된
다. 나 그리고 나 아닌 모든 것과의 관계. 내가 오늘을 살
기 위해 관계 맺은 것들 속을 순환하고 새로운 관계를 맺
으며 그 관계망 속을 거미처럼 돌아다니는 일. 그것이 우
리가 부르는 생활이고 삶이다. 우리가 태어나는 순간부
터 내 의지와 상관없이 관계는 생겨나고 죽을 때까지 그
관계망 속에서 살아간다. 그리고 때로는 단 하나의 관계
를 통해 절망하고 희망을 얻기도 한다.

삶은 나에게 끊임없이 무엇인가를 해야 한다고 재촉한
다. 그리고 이미 주어진 관계 속에서 순응하라고 말한다.
다들 그렇게 산다고, 그게 사는 거라고 말한다. 등 떠밀리
며 혹은 관계들에 짓눌리며 시간이라는, 그 살아간다는
것이라는 말에 쫓기며 살아간다. 이렇게 살아도 되는가,
라고 끊임없이 질문하면서도 그렇게 살아간다.
이건 아니다 하면서도 그렇게 살아간다. 이렇게 살고 싶
지 않다고 말하면서 그렇게 살아간다. 그러면서 말한다.
그런 게 삶이라고. 사는 게 그런 거라고. 도대체 누가 그

러는가. 누가 그것을 삶이라고 하는지 정말 궁금했다.

그런 생각들이 영화의 예고편처럼 빠르게 지나간다.
화분들은 여전히 비를 맞고 있다.
비가 조금씩 잦아들고 있다.
난 이럴 때가 참 좋다.
호들갑스럽지 않아서 좋다.
소란함도 치열함도 어찌 저렇게 조용히 다독일 수 있는
가. 아주 차갑거나 뜨거운 것을 품고도 표정 변화가 없어
서 때로는 무엇을 들고 있는지 알 수 없을 때도 있다.

봄비는 좀 그런 편이다.

나는 매년 다알리아 모종을 사다가 심는다. 구근을 모래
에 담고 신문지로 잘 말아서 보관하려 했지만 모두 실패
했다. 봄에 열어보면 모두 말라버리곤 했다. 그렇게 몇 번
실패한 후에는 포기하고 새로운 모종을 사와서 심는다.

다알리아의 자리는 대문을 열면 수국과 불두화를 지나
그 옆자리다. 무슨 의미는 없다. 거긴 처음부터 그냥 다알
리아 자리였다. 그러니까 마당에 화단을 만들고 무엇을

심을까 생각했을 처음부터 거긴 다알리아 자리였다.

청주에서 자라던 유년 시절, 뒷마당에 다알리아가 있었다. 어려서 그랬는지 그때의 다알리아는 꽃이 아주 컸다. 아버지는 늘 튼튼한 버팀목까지 세워주시곤 했는데, 크고 붉은 꽃이 좋았다. 키도 내 키만큼 커서 꽃과 나란히 얼굴을 마주하곤 했다. 재래식 화장실에 가기 싫을 때는 다알리아 꽃 아래에서 똥을 누곤 했는데, 식구들이 보아도 나무라는 사람은 없었다. 그리고 해마다 같은 자리에 다알리아 몇 그루가 자랐다.

다알리아를 보면 큰누나가 생각난다. 난 그 꽃이 꼭 큰누나를 닮았다고 오래전부터 생각했다. 어머니가 돌아가시고 어머니를 자꾸만 닮아가는 큰누나. 지금은 파주에 사는데, 가끔 전화를 걸어서는 잘 있냐고 묻는다. 그러면 난 잘 있다고 대답하고, 그러면 잘 지내라고 말하고 전화를 끊는다.
그런 큰누나가 시집가고 난 뒤 나는 그 후로도 몇 년 동안 다알리아를 보며 큰누나를 생각했었다. 그러고 보면 역시 나의 화단은 꽃과 식물들의 장소이면서 동시에 내 생의 어떤 기억들이 자라는 곳인 게 분명하다. 그리고 생각해보면 난 그때가 정말 행복했었는지도 모른다.

행복….
그런 말은 너무 낯설고, 내 것이 아닌 지 오래고, 이물감
최고인 말일 뿐이다. 그래도 화단에 식물들을 보면, 다알
리아를 보면 마음이 조금 놓인다.

그래, 마디의 힘으로 사는 거다,
대나무

'우후죽순'이란 사자성어를 알고 있을 것이다. 한데 이 말이 거짓말 같은 진실이라는 걸 처음으로 알았다.
정말로 죽순이 자라는 게 눈에 보인다. 하룻밤 사이에도 눈에 띄게 자란다. 이렇게 빨리 자라는 식물도 있다니 괴물처럼 느껴질 정도다.

나는 대나무 잎이 좋다. 예쁘다.
그리고 대나무에 스치는 바람 소리가 좋다.

어느 봄날, 오죽烏竹을 화원에서, 청죽靑竹을 인터넷으로 구입했다. 화원에서 데려온 오죽은 이미 키가 조금 큰 아이였는데, 청죽은 10센티미터도 안 되는 굵기에 그마저도 키가 1미터도 채 안 되도록 잘라져서 왔다. 인터넷 구입이다 보니 택배 상자 크기에 맞춰진 아이가 올 거라 예상은 했지만 그래도 실망이었다.

화단의 담 쪽으로 큰 화분을 두고 심었는데, 얼마 지나지 않아 죽순이 올라왔다. 물도 먹고 때로 비도 맞으면서 죽순은 정말 거짓말처럼 대나무가 되어갔는데, 그 속도가 정말 괴물급이었다.

이미 키가 큰 오죽의 순들은 1미터도 채 자라지 않고 성장을 멈췄지만, 청죽의 순들은 20여 일 만에 내 키를 훌쩍 넘어 2미터 가까이 자라났다. 그 모든 성장이 한 달도 채 걸리지 않아 일어난 일이었다.

'우후죽순'은 본래 비가 온 뒤에 여기저기 돋아나는 죽순이라는 뜻으로, 어떤 일이 한때에 많이 생겨남을 비유적으로 이르는 말이라고 하지만, 그보다는 비가 온 뒤에 죽순이 자라는 속도를 비유할 때 더 정확하게 맞겠다는 생각이 들었다. 그러면 그 뜻도 다소 부정적에서 매우 긍정적으로 바뀌지 않을까 싶다. 그리고 이건 분명히 그렇게 사용되어야 할 말이라고 믿는다.

어쨌든 그렇게 자라는 죽순은 이제 죽순이 아닌 대나무가 되었다. 그런데 나무의 둘레는 사실 그리 굵지 않다.

그럼에도 그렇게 꼿꼿하게 서 있는 것은 모두 마디의 힘 때문이라고 한다.

그 말이 좋았다. 대나무는 비어 있는 마디의 힘으로 서 있다는 말.

대나무 마디는 성장을 멈춘 퇴화의 결과라고 한다. 거기에 단단한 겉과 달리 속은 텅 비어 있다. 이상해 보이지만 사실 대나무가 바람에 꺾이지 않는 것은 그렇게 속이 비어 있기 때문이다.

물론 나는 대나무처럼 어떤 바람에도 꺾이지 않는 삶을 살고 싶지는 않다. 그럴 일도 없겠으나 그러기도 싫다. 그보다는 마디를 만드는 대나무의 마음에는 공감이 간다. 그러니까 대나무는 스스로 마디를 만드는데, 마디쯤에 이르러 성장을 멈추고 기다리면서 힘을 모은단다. 이때 생기는 것이 마디라는 것이다. 흠. 이런 삶도 대나무에게는 삶의 방식이고 지혜일 테지만, 난 뭐 그다지….

마디는 의도치 않게 생겨야 한다. 준비가 아니라 준비 없이 맞은 절망쯤이면 그게 마디가 될 수 있겠다 싶다. 그래서 그런 마디가 모여 어떤 삶을 온전히 독립적인 어떤 것이 되게 한다면 그건 참 아름다울 거라는 생각….

그렇지만 대나무 입장에서 대나무의
생존방식은 역시 아름답다.

내 마음에도, 몸에도 그런 마
디가 좀 있다. 물론 그런 마디
가 있음에도 여전히 똑바로
서 있지 못한다는 것이 문제지
만 말이다. 사실 생각해보면,
마음이란 참 그런 것이
어서 수시로 낭떠러지가
되고, 난간이 되거나 며칠씩
집 나가 돌아오지 않기도 한다.
내 것인 것이 어찌 이리도 내 것
같지 않을 때가 많은지. 하지만
그렇게 마음의 한 끝이 난간이 될
때 나는 또 그만큼 어디로든 깊어진
다고 믿는다. 끝을 가본다는 것도 그
런 것은 아닐까 싶다. 마디는 그럴 때
조금씩 자란다.

그저 말없이 걷는 것처럼 생을 살아

가는 일은 사실 생각처럼 그리 간단치가 않다. 싸움의 기술이 없어서가 아니다. 싸울 수 있는 무기가 없어서도 아니다. 반응하지 못할 이유도 없으며, 공격에 대한 유혹이 없을 수도 없다. 그렇다고 나 혼자 독야청청하리라는 것도 아니다. 그럼 뭘까?

거기에 내가 던져져 있다. 나는 그저 조금 낡았으며, 오래전 사라진 물기 같은 것인지도 모른다. 그것을 보는 나는 습기를 머금은 퇴적층처럼 가슴이 뭉클뭉클해진다. 에잇, 나는 좀 못났다는 그런 결론.

그럼에도 나는 대나무의 마디를 만지는 걸 좋아한다.
넌 그렇구나. 이 마디가 그런 마디구나.
난 마디에도 뭔가를 자꾸 채우고 싶어 안달 난 거였구나.
그런 말들을 하는 것이다.

3부

#

시 속의

식물 이야기

해국, 먼 곳부터
따뜻해지는 마음

해국을 처음 본 것은 몇 년 전 김포에 사는 동갑내기 친구 김두안 시인의 작업실에서였다. 시를 쓰면서 그림도 그리는 친구의 컨테이너 작업실 주변은 9월부터 10월 말까지 온통 해국 천지가 된다. 나는 여름이 끝나가는 8월이면 친구에게 전화해 해국의 안부를 묻곤 한다.

"야, 해국 피었냐? 아직? 갑자기 피면 전화해주라."

친구의 안부는 한마디도 묻지 않고 해국 안부만 물었다.

"야, 얘는 늦게까지 피니까 요란 떨지 말고 건너와 술이나 한잔하자."

"그래…. 해국 피면 갈게."

해국海菊은 원래 이름처럼 바닷가에 피는 야생국화다. 지금은 많이 개량되어 도심에서도 비교적 흔하게 볼 수 있다. 이 녀석은 가을 산야에 흐드러지던 산국, 감국, 구절

초, 쑥부쟁이와 같은 국화과에 속하는 식물이다. 꽃들이 거의 사라질 무렵에야 절정을 이루는 꽃이지만, 한여름인 8월부터 피기 시작하여 지역에 따라선 12월에도 꽃을 볼 수 있다.

바닷가에 사는 식물답게 강한 바닷바람을 견디느라 낮게 엎드려 꽃을 피우고 둔한 톱니가 있는 두툼한 잎엔 보송한 솜털이 나 있다. 꽃은 연한 보라색으로 지름은 3.5~4센티미터 정도이며, 하나의 가지 끝에 하나씩 꽃이 핀다. 얼핏 보면 쑥부쟁이와 많이 닮았다. 또한 해국의 특징 중 하나는 반 목본성으로 원래는 여러해살이풀이었지만 줄기와 잎이 겨울에도 죽지 않고 겨울을 나면서 목질화되어 나무도, 풀도 아닌 상태로 살아간다고 한다. 우리 집 화단에서 자라는 해국도 그렇게 변해서 살고 있다.

하여튼 나는 이 해국이 참 좋았다. 해국을 보고 온 날은 꿈 없이도 행복했다. 며칠 동안 그랬다. 그렇게 몇 해 동안 해국이 피면 친구의 작업실에 수시로 드나들었다. 생각해보면 이상한 일이지만, 이상하게도 그런 해국을 집으로 가져와 키울 생각은 한 번도 하지 않았다.

그러다가 지난봄에 이사를 하면서 우리 집에도 작은 마

당이 생겼고, 그 길로 친구네 작업실로 달려가 해국을 데려가겠다고 했다. 친구는 해국 몇 무더기를 삽으로 푹 뜨더니 비닐봉지에 대충대충 담았다. 뿌리에 묻은 흙이 다 떨어져나가는데 신경도 안 썼다. 나는 마음이 조마조마해서 흙을 좀 넉넉히 담으라고 했더니 괜찮다고만 했다.

"하, 못된 친구놈."

이렇게 중얼거리다가 봉지만 받아서 냉큼 돌아오려 했다. 그랬더니 친구놈은 또 괜찮다고만 하면서 담배를 피우자는 둥 차 한 잔 하자는 둥 이유를 대며 못 가게 잡았다.

"독한 놈."

이렇게 중얼거리면서도 난 친구가 하자는 걸 다 하고서야 집으로 돌아올 수 있었다.

봉지를 열어 마당에 심으려는데, 이미 반쯤은 시들하다. 에잇, 나쁜 놈. 18 다음은 19냐, 아니지, 다시 18이다. 투덜대면서 어쨌든 잘 심어주고 물도 흠뻑 줬다. 심어놓고 보니 영 볼품이 없었다. 잎사귀들이 하나같이 축 처진 게 여간 불안한 게 아니었다. 잘못되기만 해봐라, 김포 작업실에 있는 해국을 다 퍼올 거야, 라고 혼자 중얼거리면서 주변의 흙들을 다시 모아주었다.

그렇게 해국이 있는 집에서 하룻밤을 같이 잤는데, 다음 날 보니 거짓말처럼 해국은 어제의 시름을 덜어내고 '웃 차' 하고 잎이 올라와 있었다. 역시 바닷바람에도 굳건하 던 그 본능이 여전히 살아 있구나 싶었다.

그날부터 나는 해국이 피길 기다렸다. 그런데 8월이 지나 고, 9월이 지나고, 10월이 다 지나가는데도 잎만 무성할 뿐 꽃대조차 올라오지 않았다. 그사이에 친구 작업실의 해국들은 천지 만발을 지나 하나둘 올해 마지막 꽃을 피 워 올리고 있었다. 친구놈은 이번에도 괜찮다고만 한다. 빛이 부족하거나 바람이 부족하거나, 그도 아니면 죄다 수놈인가 보다고 약만 올렸다.

결국 11월이 되었다. 그러다가 조마조마 11월 초순이 다 지나고 있었다. 그동안 매일 잎을 보고 말도 걸어봤고, 잎을 갉아먹는 벌레도 죄다 잡아주고, 물도 꼭 챙겨줬는데….
서운한 마음이 들었다. 해국에게도 내가 별로인가 보다 싶어서 우울했다. 그 무렵 내 머릿속엔 온통 해국뿐이었 으니 시를 쓰자니 해국 이야기만 나왔다.

눈도 맞추지 않고 무질서해진다

마당에 앉아 해국과의 거리를 바라보면
먼 곳부터 따뜻해진다
초록해진다
해변의 놀이는 그런 것
죽고 못 사는 것
화단이 쾌활해져서
해국과 나는 기분이 좋아진다

고요와 고유의 범람

그 사이에서
오늘 하루를 다 살 테지
해국으로 살러 가겠지
잘 있느냐는 엽서가 날마다 도착한다
해국은 점점 넓어지는 영토
나는 착한 백성처럼
엽서를 창문에 붙여놓고 좋았다
잘 있지
돌본다는 것은 그 옆에서 함께 잠드는 것

함께 잠드는 것을 기억하지 못하는 것
꿈같은 건 없이도 살이 붙는 것

낮으로부터 밤으로의 오랜 안부처럼
먼저 글썽이던 문장들
무질서하게 좋을 때
해국이 온다

— 〈해국〉 부분

시를 다 쓰고 난 후에, '꽃이 피지 않은들…' 난 이미 해국으로 행복했다는 생각이 들었다. 생각해보니 꽃이 피지 않았어도 난 이미 해국을 살고 있었다. 해국의 백성으로 살았고 좋았다. 내가 해국을 돌보았고 해국이 날 돌보았으니 그러면 된 것 아닌가 싶었다. 비로소 꽃의 욕심으로부터 조금은 놓여났다는 생각이 들었다.

다음 날 나는 내 시를 해국에게 읽어주었다. 해국도 맘에 든다고 좋아했다. 분명 그랬을 거라고 믿는다. 그렇게 시를 읽어주고 그날 햇살이 참 잘 드는 마당에서 좋았다.

며칠 후 정말 거짓말처럼 꽃대가 '웃차' 올라왔다. 그리고 일주일 후 드디어 해국이 피었다. 한 송이 두 송이 세 송이 핫핫핫핫 피었다. 그리고 그해 12월 중순까지도 여전히 피어 있었다. 모든 식물이 그렇듯이 해국 또한 주변 환경에 생사가 달라지지만 일방적으로 당하는 경우는 거의 없다는 것을 다시 한 번 보여주었다. 본래의 야생성이 살아 있는 식물이기 때문이기도 하지만 그보다는 모든 식물이 갖고 있는 주변 환경에 자신을 맞추어 살아가는 능력이 아닌가 싶다.

어떤 식물은 햇볕이 많아야 하고, 또 어떤 식물은 물을 자주 주거나 자주 주지 않아야 한다는 등등의 조언들은 사실상 우리가 식물과 함께하는 데 도움을 주기보다는 두려움을 갖게 한다. 그런 조언이 무시될 순 없지만 그보다는 일단 함께하는 게 중요하고, 어느 정도는 식물 스스로의 생명력을 믿어줘야 한다는 생각이 든다.

더불어 '반려'라는 게 생각해보면 결과가 아니라 그 과정에 있는 것이 아닌가 싶다. 나는 해국 꽃을 보기 위해 데려왔지만 그 꽃을 기다리는 동안 행복했고 설레었다. 때문에 어느 순간 꽃에 대한 마음을 내려놓을 수 있었고, 해국은 다시 그런 내 마음에 대한 응답처럼 꽃을 피워주었다. 해국 한 송이가 나의 좁은 마음을 참 많이도 달라지게 했으니, 난 이미 진정한 반려의 모습을 만난 셈이다.

백합, 콱 죽고 싶어지는
행복한 마음이야

늦은 밤 집으로 돌아오는 길이면 왜 매번 화장실에 가고
싶은 걸까? 퇴근을 할 때나 지하철을 타고 올 때는 그런
생각이 없었는데…. 그렇다고 빨리 집에 가고 싶은 마음,
그런 것도 아니다. 그러다 보니 대문을 여는 순간 후다닥
화장실을 가는 게 순서다.

그런 6월의 초여름 밤.
대문을 열고 몸을 다 넣기도 전에 하루 종일 고여 있던 백합
향이 비로소 흘러갈 곳을 찾은 듯이 내게로 쏟아져 온다.
와, 그만 코 박고 콱 죽어버리면 좋겠어. 오줌 마려운 것
도 잊고 백합 향의 질감을 슬로우로 느끼며 느리게 마당
을 가로지른다. 내가 걸어가는 만큼씩 백합 향이 밀려오
거나 밀려간다. 걷다가 멈추면 백합 향도 멈춘다.

오직 달빛만이 있는 어둠 속을 걸어본 적이 있다. 왜 사람들이 푸른 달빛이라고 했는지 알 것 같은 그 속은 마치 다른 세상 같아서 약간의 두려움과 신비로움으로 걸었다. 그때 느껴지는 달빛의 몸은 조금 차갑고 서늘했다면, 백합 향 가득한 마당을 걷는 순간은 햇살에 잘 마른 광목 이불이 얼굴에 닿는 느낌 같았다. 향이 질감처럼 느껴지는 순간이었다.

딱히 뭘 할 생각은 없어요
서 있으니까요
서 있을 거니까요
서 있는 일에도 최선은 필요하고요
서러운 것들이 생기면
어디든 한가운데에 설 수 있을 테니까요

내게서 뭘 찾지는 마세요
그런 거 하나도 없어요
같이 살자는 말
어렵죠
함께 아프자는 말
어렵습니다

그러니까
그렇게 여름이 다 지나갔단 말인 거죠

절반은 없어서 그래요
아픈 데 그게 좋아서 그래요

울고 싶은 만큼 빈 방이 늘어가요
미안한 일이 많아서
더 그래요

놓여 있다와 놓여난다는 말을 좋아해요
이젠 그 말에서도 놓여나고 싶은데
아직 그렇게 있어요
제 방으로 들어오세요
난민들이 가득한 바닷가를 상상한다면 맞습니다

—〈백합의 일상〉 부분

정신 나갈 정도의 향기는 또 그렇게 정신 나갈 만큼의 쓸쓸함으로 남는다. 마치 사랑의 모습 같아. 나는 그렇게 매번 백합 향에 속는다. 화장실을 다녀오고 옷을 갈아입고, 마당에 다시 나가보지만 다가서지 않으면 아까의 향은 없다. 좀 전의 마당과 지금의 마당은 마법과 현실처럼 다르다.

내 마음이라고 다 내 마음은 아니다. 내 마음이 놓여진 방향과 위치에 따라 내가 아는 그 마음이기도 하고, 때론 내가 감당키 어려운 마음이기도 하다.

하지만 그렇게 마음의 한 끝이 난간이 될 때 우리는 또 그만큼 깊어진다. 끝을 가본다는 것은 그런 것이다. 그리고 시 쓰는 인간들은 대부분 그 끝을, 굳이 가본다. 나도 그렇고.

굳이 말하지 않고, 묻지 않아도 꽃은 핀다. 중요한 것은 그것이다. 그러나 그냥 둠은 버려둠이 아니라 거기 그냥 둠으로써 끌어안는 방식이 될 수 있다. 그리고 그런 끌어안음은 굳이 스스로 열렬하다고 소리치지 않아도 깊고 따뜻하다.

백합 향 속을 걸어온 뒤 오 분도 안 되어 참으로 멀리 가
보는 일이 여름 내내 계속되었다.

고사리, 나 없이도
천국인 세상에서 나는

호들갑스럽지 않아서 좋다.

소란함도 치열함도 어찌 저렇게 조용히 다독일 수 있는가.

뜨거운 것을 품고도 표정 변화가 없어서 때로는 무엇을
들고 있는지 알 수 없을 때도 있다.

그래서 난감할 때도 많다.

그러나 그러한 시선의 이야기를 따라가다 보면 한 끝에
닿게 된다.

그리고 그 끝이란 중심으로의 진행이다.

내가 없이도, 아니 내가 없어서 더 환한 것 같은 세상을
바라보는 게 현실이다. 그것은 '우울한 도시의 저녁'이면
서 우리 모두의 '저녁'인 것이다. 그러나 이러한 현실의
냉정함은 새로운 것은 아니다. 오히려 이러한 냉정함에
대한 생각은 그저 오늘 하루를 살아가는 일이 중심이 되

는 것이므로 끝내 엄숙하게 '살아가는 일'로 중심을 만들어가는 힘이 될 테니까. 그것을 세상에게 배웠다면, 그것으로 세상을 건너가는 방법이 될 수도 있다는 것. 세상과 나는 그렇게 존재한다고 생각한 적이 있다.

고사리는 종류가 많다. 어릴 때 나물로 먹었던 고사리도 있지만, 집에서 식물로 키우는 아이들은 원예용으로 개량된 것으로 다양한 종류들이 있다.
그래도 고사리는 고사리다.
그 특유의 고사리 잎을 보면 그렇다. 우리 집에는 더피고사리와 보스톤고사리가 산다. 작은 아이들이지만 어느 공간에서든 그 주변을 넓게 만드는 힘이 있다.

　　그래도 없는 것들은 자랍니다
　　없는 것들만 자랍니다
　　그런 밤이 있습니다
　　그런 밤만 가득합니다
　　그런 밤의 이마들을 자주 바라봅니다
　　쓰다듬어줍니다
　　만져지지 않는데
　　이렇게 가득해서

없는 것들로 풍요로워집니다

내겐 이런 게 다입니다

그게 가끔 살아 있는 이유가 된다거나

나 없이 연두로 가득한 세계를 천국이라 믿는 이유

입니다

너도 나처럼

죽어버려

복 받을 거야

아무도 모르니까

컴컴한 거실에서

레이스처럼 흔들리는

나의 고사리들

잘 자라고

손을 잡아줍니다

쓸쓸함은 기록되지 않아서 쓸쓸함으로 살아갑니다

좀 유치해도 좋습니다 이런 거

우린 숙련공이니까요

이런 밤의 이야기들에 익숙합니다

멀리 갑니다

꽃 이야기가 아닙니다

연두의 없는 손을 공부하는 중입니다

방향도 없이

잘 자라는

이 세계는 그런 세계니까요

아침이면 꿈을 깨는

우리가 되는 그런 세계

— 〈더피, 나의 고사리들〉 부분

가장 좋은 것은 아무것도 안 하고 사는 것, 조금 더 좋은
것은 시만 쓰고 사는 것, 그보다 조금 더 좋은 것은 없는
듯이 사는 것, 그보다 더, 그보다 더….

이것도 욕심이지 너무 과한 욕심. 그런 생각을 할 때 딱
맞는 모양을 보여주는 식물이 이 고사리다.

고사리를 보고 있으면 잎들이 아주 작은 손가락 같다. 아주 미세한 공기의 흐름에도 손가락을 움직인다. 무엇이든 쥐려는 아기 손 같다. 하지만 아무것도 잡지는 않는다. 그러니까 언제나 빈손만 흔드는 셈인데, 나는 그게 좋다.

고사리는 습한 반그늘에서 잘 자란다. 고사리는 실내 식물로 키울 때 많은 손질이 필요하다. 건조한 것을 싫어하기 때문에 자주 분무해주고 물을 주어야 잎이 갈색으로 변하거나 떨어지는 것을 막을 수 있다.

하지만 꼭 그런 것도 아니다. 언젠가 고사리가 다 죽어가길래 반쯤 포기하는 마음으로 마당에 버려두듯이 내놨는데, 한 달 만에 그 풍성한 잎들을 알맞은 기울기로 내려주었다. 역시 모든 식물은 직접 키우며 함께 겪어봐야 한다. 이건 사람과 똑같다.

원래 고사리 종류는 풍성하고 아름다운 잎 때문에 인기가 높은 실내 식물이다. 딱딱하고 질긴 줄기가 있는 보스톤고사리의 잎은 어릴 때는 아치형으로 뻗어 있다가, 노화되면서 활처럼 휘어진다. 꽃을 생산하거나 감상하기 위한 목적으로 기르는 것이 아니라, 잎을 감상하기 위해 기르는 식물이어서 나처럼 꽃보다는 연두를 외치는 사람에게 딱이다.

크거나 화려함은 없지만 있다는 것 자체로 오늘 하루가 있었다고 생각할 수 있게 해주는 식물을 말해보라면 난 고사리를 추천한다.

손바람을 불어주면 그 작은 손들을 펼쳐 내 손을 잡아준다.

그 손을 잡고 가는 거라면 언젠가 아무도 가보지 않은 어떤 곳으로 떠날 수 있을 것 같다.

한없이 내가 못나 보여서 우울할 때 이 아이들을 보고 있으면 철없이 내미는 손을 만날 수 있다.

그 손들을 잡고 있으면 내 몸에도 무수한 손들이 생기고 녹색 물이 드는 것 같다.

고무나무, 근거는 없지만
믿음이 가는 그런 친구

내게는 그런 친구들이 있다. 대부분 시를 쓰는 친구들인
데, 남자도 있고 여자도 있다. 자주 보진 않아도 늘 거기
있다고 믿는 친구들이고, 사실 늘 거기 있기도 하다.

다는 아니겠지만 시를 쓰는 사람들은 좀 예민하다. 누구
나 스스로가 어느 정도는 예민하다고 생각하는데, 이들은
스스로 예민하다고 말하지 않지만 예민하다. 그러니까 예
민하지 않다고 극구 말하는 사람들은 속으로 그렇다.

그런데 그런 예민함이 스르르 해제되는 날이 있다. 예민
함이 사라진 자리에는 무한한 허용이 자리 잡는다. 그쯤
되면 그는 근거는 없지만 믿음이 가는 그런 친구가 된 것
이다.

식물들을 키우면서 처음에는 아이들의 그런 예민함이 힘
겨웠다. 물을 준다거나 물을 안 준다거나 비를 맞혀주고

햇볕을 쏘여주고, 공기도 순환시켜줘야 하고, 잎은 건강한지 살펴줘야 하고…. 물론, 내가 데려왔으니 마땅히 돌봐주어야 하는 것이라 생각한다. 돌본다는 말에는 그런 수고로움을 수고로움으로 느끼지 않아야 한다는 의미가 포함되는 거였는데, 난 그게 힘들다고 생각했다. 힘든 건 힘든 거니까.

솔직히 말해서 나는 아무리 반려식물이고 뭐고 간에 '집사'를 할 생각은 없었다. 그것은 지금도 마찬가지다. 식물이 아니라 동물을 키운다고 해도 난 집사는 될 생각이 없다. 그냥 함께 사는 거라면 좋다. 난 '반려'가 그런 거라고 생각한다. '생각이나 행동을 함께하는 짝이나 동무.'
그런데 이상하게도 사람들은 뭐든 반려라고 하면 스스로 집사가 되는 것을 당연하게 생각한다. 그리고 그러지 않으면 그건 반려 대상을 키울 자세가 안 돼 있는 사람이라는 듯한 태도를 보인다. 나는 그런 공격적인 태도가 싫다. 식물 키우기는 그런 게 없어서 좋다.

아무튼 나는 집사보다는 같은 반려의 입장에서 함께 살고 싶다. 그리고 그렇게 하는 편이다.

그런 나의 생각을 존중하는 식물로 고무나무들이 있다. 인도고무나무, 속으로 잎을 키워가는 떡갈고무나무, 다양한 종류의 벤자민고무나무, 연두색과 무늬가 아름다운 뱅갈고무나무까지 나는 고무나무라면 다 좋아하는 편이다.

사실 고무나무는 가장 흔한 실내 식물 중의 하나다. 집들이나 가게 오픈 때 가장 많이 선물하는 식물도 바로 고무나무다. 고무나무는 일단 생명력이 강하기 때문에 잘 죽지 않으며, 공기를 정화해주는 능력도 뛰어나다고 알려져 있다.

그런데 나는 식물을 데려올 때 그 기능에 대해 한 번도 생각해본 적이 없다. 아마 대부분의 사람들이 그럴 것이라고 생각한다. 공기정화 기능이니 인테리어 기능이니 하는 말을 들으면 참 싫다. 그냥 좋으면 좋은 거지, 그런 기능 때문에 키운다는 게 좀 그렇다.

　　어떤 궁리도 소용없다고 했을 때

　　그래도 나는 니가 좋아서 자꾸 웃었다. 왜 자꾸 웃느냐고 아무리 물어봐도 대답해주지 않을 생각이다. 어젯밤에도 니가 좋아서 죽기 전에 죽여버리고 싶었다.
자꾸만 네게 참견하고 싶어서 너의 날씨가 되었으면
너의 기후가 되었으면 했는데 나는 고작 어둡고 깜깜
한 것들만 닦고 있는 사람

　이름을 지어준다는 것은 같이 살 거라는 말
　이건 슬픈 일
　슬퍼서 함께 죽고 싶은 그런 마음
　무늬 속으로 물이 흘러
　키가 크는 그런 거
　발가락을 쩔어 피를 모으는 마음 같은

너의 피는 희고 차구나

다정한 유령 같아서

멈추질 않는구나

그 끈적임의 액체 속에 발을 씻고

발이 묶여

새로운 장소가 되자

누구도 읽지 못할 문장으로 자란다면

우리는 수많은 발가락이 되어 흩어질 수 있지

폭설처럼 희미해져서

북방의 뿔 달린 짐승이 되자

그런 뼈가 되어

무늬로 이루어진 숲을 연주하는 악기가 되어

흉곽 안쪽에 잠든 새에게로 잠들어가자

액체처럼

— 〈뱅갈고무나무〉 부분

고무나무 중에서도 가장 흔한 뱅갈고무나무가 좋다. 깔
끔하면서도 시원한 느낌 혹은 따스한 느낌을 동시에 주
는 뱅갈고무나무는 그 독특한 연두색과 잎의 무늬가 정
말 아름답다. 비교적 나쁜 환경에서도 강하게 잘 살아내
고, 잘 자라는 편이라 뭔가 식물들 가운데 대장 느낌이

난다. 그 때문에 이 아이의 자리는 항상 벽 쪽에 붙어 있지만 어디에 있든 그곳에서 거기를 지켜준다. 나는 그렇게 믿는다.

이 아이는 내 순간의 마음들과 상관없이 늘 든든하다. 그런 아이다. 그래서 바라보고 있으면 마음이 든든하다. 다정하다. 함께 살아서 행복하다.

올리브나무, 멀리서 오는
엽서를 받는 기분

나는 유난히 엽서 받는 것을 좋아한다. 그 엽서가 대륙을
건너서 온 것이라면 더욱 그렇다. 대륙을 건너온 엽서라
고 다를 게 뭐냐 하지만, 멀리서 오는 거리만큼 그것을 보
낸 사람의 마음도 더 크고 깊게 느껴지는 건 어쩔 수 없
다. 깨알 같은 손글씨나 서툰 그림이 그려진 엽서, 알 수
없는 얼룩이 묻어 있기도 하고, 외국어 소인이 둥글게 찍
혀 있는 엽서는 그것 자체로 선물 같다.

세계의 절반을 돌고 돌아오기도 한다는 것, 그것이 누군
가의 안부라는 것, 더불어 내게 안부를 전하는 온기라는
것. 누군가 내 안부를 묻는다는 것이 신기하고 경이롭기
까지 하다. 그림이 있고, 또박또박 내 주소와 내 이름이
적혀 있다는 것은.

가끔 대학 입시를 마치고 해외여행을 간 아이들이나 지금 우리 반 아이들이 엽서를 보내주곤 한다. 작은 글씨로 빼곡하게 엽서를 채웠을 그 아이들의 손가락 같은 마음을 생각한다. 나는 그 엽서를 책상 창문에 붙여두고 본다. 그러면 유진이나 지은이, 채연이도 눈앞에 있는 것 같아서 좋다.

때로는 누군가 내게 엽서를 보냈다고 하는데, 당도하지 못한 엽서도 있다. 어느 소설가가 보냈다는 쿠바에서의 엽서는 끝내 내게 오지 않았다. 하바나의 어느 거리 혹은 어느 서류철 밑에서 잠들었을지도 모를 그 엽서를 생각하면 몹시도 아프다. 아주 오지 않는 게 아니라 어디서 더 묵은 잠을 자는 거라 믿는다. 그래도 된다고 생각한다.

나는 무수하게 많은 엽서를 쓴다. 천국으로 보내고 나를 가둔 감옥으로 보내고, 우울한 불빛에게도 보내고, 이젠 내가 살지 않는 나의 집으로도 보낸다.
그래도 이 세계는 내게 답장 같은 것을 하지 않는다. 답장은커녕 비아냥대기 일쑤다.
그래도 나는 엽서를 쓴다. 시를 쓴다. 아니, 그래서 쓴다. 이제 답장 같은 거 나도 기대하지 않는다. 그냥 쓴다. 나는 어떤 방향이어야 하는가. 그건 분명하다. 너에게. 세상의 수많은 너라는 사람들이면 된다.

나는 내가 받은 엽서들을 창문에 붙여놓았다. 포스트잇처럼 간절해 보인다. 기분이 좋아진다. 나도 창문에 엽서처럼 딱 붙어 살았으면 좋겠다.

멈추면 다 사라질 거 같아서
멈출 수 없는 고요의 계단 속으로
계단은 자꾸만 생겨나고
끝없이 이어지고
마지막 한 계단을 넘어야 이윽고 생겨나는 계단으로
올리브나무들이 차례로 빠져드는 밤의 식물원

아무도 살지 않을 집을 짓기로 해요
집에는 무서운 꿈이 살아요
죽는 게 무서운 게 아니라 사는 게 무서워서 용서받은 걸 후회해요
서로의 입술에 침을 발라요
서로의 머릿속으로 손을 넣고 깃발처럼 펄럭이고 싶어서

좀 다치기도 하죠

밤을 새우죠

서로의 등을 쓰다듬으며 가위질을 해요

여기 없는 것들에게만 목숨을 걸어요

손가락이 잘 있는지 궁금해져서 자꾸 넘어져요

그런 밤은 자주 찾아옵니다

질문도 없이 깊어지는

나의 잠 속 올리브나무

계단을 끌고 가는 물끄러미라는 말을

서로 바라보며

앞뒤도 없이 늙어가는 건

어떤 고요였는지

발등을 문지르는 올리브나무

흙 아래 물고기들이 부드럽게 헤엄치고 있다

　　―〈올리브나무는 나의 뒤에서 오래 울어주었죠〉 부분

올리브나무는 꼭 그런 엽서 같다. 굳이 사족을 붙이면 유럽에서 온 엽서 같다. 아무래도 올리브나무가 지중해 연안에 자생하는 상록이기 때문일 수도 있겠다.

올리브나무는 평화의 상징이라고 하는데 그건 잘 모르겠다. 다만, 건조함에 강해서 그런지 최근 실내에서 올리브나무를 키우는 집이 아주 많아졌다.

조금 뜬금없는 비유일지도 모르겠지만 올리브나무는 고양이와 비슷한 분위기가 있다. 나만 그렇겠지만. 그러니까 뭔가 좀 비밀스러운 분위기가 있기도 하고, 작고 단단한 녹색의 잎들이 골목의 집들처럼 붙어 있는데, 집집마다 불을 켠 듯 그 잎 하나하나로 사랑스럽다.

올리브나무를 키우며 꽃을 본 적도 없고, 열매를 본 적도 없지만 이 아이는 그 존재 자체로 많은 설렘을 확장시킨다. 어떤 무늬나 모양이 없는 흰 벽을 배경으로 하고 이 아이를 세워두면 그것 자체로 흉내 낼 수 없는 그림이 완성된다.

말은 없는데 길고 오래된 이야기를 날마다 풀어내는, 올리브나무는 그랬다.

몬스테라, 귀여운 나의 녹색 괴물
— 너를 사랑해

몬스테라는 이제 어느 곳에서나 비교적 흔하게 볼 수 있는 식물이다. 그럴 수밖에. 키우기 쉽고, 빨리 자라고, 어느 공간에서든 자기 존재가 분명해서 식물 초보부터 인테리어 전문가들까지 모두 좋아하기 때문이다.

몬스테라는 천남성과에 속하는 덩굴성 대형 관엽식물로 커다란 잎이 매력적이다. 몬스테라(Monstera)는 라틴어로 '괴물'이라는 뜻의 몬스터럼(Monstrum)이며, 이는 잎에 자연적으로 발생한 구멍이나 갈라짐으로 인해 붙여진 이름이라 한다.
그런데 키우면서 느낀 것은 그런 모양 때문이기도 하겠지만 자라는 속도 때문이 아닌가 싶기도 하다. 그러니까 좀 더 빠르게 실내 공간을 정글로 만들고 싶다면 가장 적합한 식물일 것이다.

잎의 모양은 깃처럼 갈라지고 군데군데 구멍이 뚫려 있는 것도 재밌다. 또한 기근이라는 공중 뿌리가 허공으로 자라기도 한다. 이 뿌리는 화분 속으로 내리기도 하고 허공에서 무한히 뭔가 다른 물체를 찾는다.

몬스테라 잎에 구멍이 있는 이유에 대해 많은 사람들은 큰 잎 아래의 작은 아랫잎까지 광합성을 받기 위해서라고 말한다. 그러니까 잎에 구멍을 내고 갈라지게 해 아래 잎까지 균일하게 빛을 나눠 받아 효율적으로 광합성을 할 수 있도록 진화한 것이라는 이야기. 실제 그렇게 보인다. 키우다 보면 위에서도 새잎이 나는데, 이 아이들은 새잎부터 잎이 갈라지고 구멍이 나 있는 반면, 아래에서 나는 새잎은 갈라짐도 없고 구멍도 없는 잎이 나오는 걸 볼 수 있기 때문이다.

더불어 새잎은 돌돌 말린 채로 빼꼼 나오기 시작하는데, 매우 빠르게 자라 잎이 펴진다. 금세 펴진 새잎은 연둣빛인데 연한 잎과 연두색이 절묘하게 어울린다. 하지만 비교적 빠르게 초록으로 변해간다.

몬스테라는 여러 가지 종류가 있다. 그중 가장 유명하고 많이 키우는 식물이 바로 '몬스테라 델리시오사'라는 아이인데, 큰 찢잎이 정말 매력적이다. 어디에 있든 이국적인 느낌을 물씬 느끼게 해준다.

몬스테라는 수경으로 키우는 것도 가능하다. 화분 모양에 따라 다양한 기분으로 연출할 수 있다. 하지만 나는 몬스테라 잎의 구멍이 생존을 위한 진화의 결과라는 생각을 하면서 잎을 보고 있으면 짠하다. 누군가는 목숨 걸고 버텨온 삶의 모습이 구멍이라니, 그 구멍에 누군가는 또 열광을 한다니.

《산해경》이라는 책을 보면 가슴에 구멍이 나 있는 사람들의 이야기가 나온다. 바로 관흉국 사람들인데, 그 구멍에 긴 막대를 끼우고 막대의 앞뒤를 또 다른 사람들이 잡고 들고 가는 모습의 그림이 있다. 구멍이란 뚫어지거나 파내어 생긴 빈틈으로, 소통의 느낌보다는 뭔가 좀 아프고 상처의 이미지로 생각되는 내게는 매우 충격적이었다.

> 넌 구멍 난 심장을 가졌구나
> 자꾸만 무성해지는 심장의 둘레를
> 열대의 기후 속을 걸어보는 저녁
> 서로의 심장을 베고 잠들었다
> 없는 부분을 만져주면 깊이 잠들 수 있으니까

없는 부분의 이야기는 불행하지 않을 거 같아서
없는 것만이 있는 것처럼 자라고 있다

서로를 갈아입고 싶어서
잃어버린 것들
우리는 그것들만 키우려 한다
그 속에서 드나들고
그 속에서 지워지고 싶어
어디에도 닿지 않으려는
허공의 뿌리로
흩어진다

투명 속을 걷는 일처럼

난 그게 좋아서

막 뛰어다니기도 했다

여름이 오면 어디로든 떠나자고 말했다

열대 속에서는 잠들 수 있을 테니

자꾸 만나자

자꾸 만나서 어긋나자

서로를 바깥이라 부르며 깊어지자

후렴구만 같은 노래로

— 〈몬스테라 몬스테리어〉 부분

몬스테라를 보면 가끔 슬픈 짐승 같다는 생각을 한다.

내가 좋아하는 기린처럼.

이제 지구에 살지 않는 공룡 같은.

난 왜 그런 아이들이 이렇게 좋을까. 그런 생각을 한다.

몬스테라는 끝없이 자라고, 기린도 날마다 자라고, 나는

날마다 더 높은 지붕을 올리면서 살아가는….

슬프고 행복한 꿈. 그런 거.

형광덴드롱(필로덴드론 레몬라임),
일요일 그리고 또 일요일이 계속될 것 같은

첫눈에 반한 식물 중 하나가 '필로덴드론 레몬라임'이다. 햇살에 비친 형광색, 그 찬란한 연두를 만나면 누구라도 반하지 않을 수 없다. 정말 예쁜 색의 잎과 줄기, 빠른 성장 속도. 그뿐인가, 식물 초보에게도 어렵지 않은 성질까지, 무엇 하나 안 예쁜 게 없다.

필로덴드론 역시 다양하게 개량된 종으로 십여 가지가 넘지만 필로덴드론 선라이트 혹은 문라이트는 물론이고, 필로덴드론 콩고, 필로덴드론 레드콩고 등도 길쭉한 잎이 무한한 편안함을 준다. 그래서 그런지 이 아이를 보고 있으면 끝없이 게으름을 피워도 좋을 일요일 같다.

나는 기본적으로 일주일에 한 번 정도 일요일에 물을 주는데, 겉흙이 말랐는지를 보고 물을 주어야 할 아이들을 찾는 편이다. 물을 주고 난 후에는 하나하나 눈을 맞춰보는데, 이 아이들 앞에서는 그 시간이 많이 길어진다.

일요일에 일요일을 서성거리는 것만큼 행복한 시간도 없다.
비로소 놓여난 마음처럼, 틈 속에서 한껏 게을러진다.
월요일은 월요일이고 악착같이 일요일을 서성인다.
세상의 모든 질문들로부터 최대한 멀리 달아나는 날이기도 하다.
그러나 일요일은 곧 끝날 테고, 일요일이 계속된다면 그것은 또 일요일이 아닐 테니.

　　너는 두 발을 물속에 담그고
　　사라지는 발을 보며
　　웃었다
　　그런 노래를 불렀다
　　노래는 사라지는 걸 좋아해서
　　어딘가 사라진 것들끼리만 모여 사는 그런 데를 가려고 해
　　여기가 거기는 아니니까
　　나는 아직도 사라지지 못해서
　　슬프다는 그런 뻔한 이야기를 하려고 했는데

너는 자꾸 웃기만 하니
나도 나란히 발을 담근다
사라진 발이
토끼털처럼 축축하게 젖어서
축축함이 사라지도록
그것에 쏟아져 내릴 마음으로
다시 노래를 불렀는데
너밖에 없다는 건
사라진 것들투성이라는 거라서
마주 잡을 것이 하나도 없으니까
그건 조금 외로운 건가 생각해보기도 했는데
오래 쓰다듬은 것들은

사라지거나 살아지거나

벽에 걸린 외투처럼 손이 없어서

갑자기 발견되기도 하지만

모든 건 다 사라지는 이야기

그런 이야기로 밥 해먹는 이야기

자꾸 사라지는 네게로

나를 조금씩 옮겨놓는 이야기라면

우린 두 발을 물속에 담그고

사라지는 발을 보며

웃을 수 있지

— 〈필로덴드론 레몬라임〉 부분

형광덴드롱은 마치 아주 오래 사귀어온 연인 같다. 내가 못 가진 것들을 야무지게 쏙쏙 가지고 있는 그런 애인. 혹은 너무 좋아서 내가 가지면 안 될 것 같은. 딱 거기서 이렇게 눈만 맞추면서 살면 좋을 그런.

발목이 떠오른다. 덴드론과 같이 작은 세숫대야에 발을 담그고 있고 싶다. 그의 발목에 내 발목을 오래 대고 있거나, 그의 발을 꾹꾹 눌러보기도 하는 그런 생각들.

코로키아, 슬픔의 모양이 있다면
이와 같을지도

식물을 데려올 때는 다 그만한 이유가 있다. 꽃이 예뻐서,
잎의 모양이 좋아서, 얼룩이 좋아서, 초록이 좋아서 등등
그 이유는 무궁무진하다. 그뿐인가, 그 식물을 만났을 때
의 나의 마음이 슬펐는지, 행복했는지, 외로웠는지, 죽고
싶었는지에 따라서도 운명처럼 만나기도 한다.

'코로키아'를 데려올 때, 나는 외로웠다. 뭐 새삼 그렇기
는 하지만 그래도 그랬다. 그러니까 나의 마음은 외로웠
고, 코로키아는 그런 나에게 아주 큰 나무의 모양으로 다
가왔다. 작은 잎들과 작은 가지, 묵은 잎과 새잎이 한 나
무에서 조화로웠다. 그런데 느낌은 아주 겨울겨울했다.
나무의 모양에 비해 비어 있음이 많았고, 그 비어 있음이
참 풍요로웠다. 나는 전혀 풍요롭지 않았지만, 어딘가 좀
닮았다, 라는 생각이 들었다.

'마오리 코로키아', 그게 이 아이의 이름이었다.

그 후로 아주 오랫동안 코로키아는 눈에 가장 잘 보이는 곳에서 굳세게 자리를 지켰다. 하지만 한 번도 꽃과 열매는 본 적이 없다. 눈에 띄게 자라지도 않았다. 그럼에도 작은 잎들과 가지들이 섬세하게 제 방향을 찾아가는 모습을 보는 일은 큰 행복이었다. 허공에 가지를 내어 그 허공을 제 자신의 것으로 만드는 그런 기품이 있었다.

코로키아는 원산지가 뉴질랜드인 야생화라고 한다. 그래서 잦은 물 주기가 아니라 흙이 바싹 마를 정도의 건조함을 유지해야 하는 생장 환경을 갖고 있으며, 아주 까다롭지는 않다고 하는데…. 그런데 어찌 된 일인지 나의 코로키아가 어느 날부터 귀신처럼 보이기 시작했다.
마치 조화처럼 보여서 만져보면 살아 있는 것 같았다. 그러다가 정말로 정말 살아 있는지 아닌지 알 수 없는 상태가 되었다. 부랴부랴 반음지의 마당으로 옮겨두고 세심하게 관찰했지만, 결국 코로키아는 날 떠났다. 잎을 만져보니 바싹 마른 채 부서져 내렸다.

내가 다른 반려동물을 키우지 못하는 이유 중 하나는 책

임감의 문제도 있지만 그것과의 상실을 두려워한 부분이
더 크다. 식물 역시 별반 다르지 않다고는 해도 동물에 비
하면 견딜 만한 것이라고 생각했기 때문이다. 그건 사실
이다. 마음을 주던 어떤 것이든 그것과 헤어졌을 때 상실
감이 드는 것은 어쩔 수 없는 일이다. 견딜 만하다는 말은
그래서 잘못된 말이지만, 정도의 차이라는 게 있으니까
했는데, 죽은 코로키아를 보면서 당황스러웠다. 그런 내
생각과 달랐기 때문이다.

죽은 식물은 귀신 같아

라디오를 틀어주었다

화분들 사이로 냇물이 생겨난다

무언가 생겨난다는 것은 또 슬픈 일이 될 게 분명하다

지금까지의 생이 그랬으니까

함께했던 시간들이란 얼마나 넓은 감옥이 되는가

그런 거 빨리 버리라고 했다

그런 거 빨리 버리고 나면 나는 남는 게 아무것도 없
어요

그렇게 말하는 나를

일요일처럼 바라보는 습관

그래도 거기 있는 거 맞지요

그건 알아도 모르고
몰라도 알게 되는 슬픔
그런 거라면
놓지 말고 움켜쥐어야 하지
겨울은 그렇게 오랫동안 만들어지니까요
그런 겨울을 갖고 싶은 꿈이 있었는데요
오늘은 아무것도 만들지 않기로 합니다
보세요
냇물은 여전히 흐르고

머리를 물속에 담그고 있는 물고기처럼
파국은 지금도 어디선가 소리 없이 자라고 있어요
그런 아름다움이라면
좋아요

—〈코로키아〉 부분

잎은 바싹 말랐지만 그 몸 그대로 서 있었다. 그런 아이를
쓰레기봉투에 넣어 버릴 수가 없었다. 그렇게 죽은 채로
한동안 그 자리를 지키도록 두었다. 그러고 한참이 더 지
나서야 나는 화분을 통째로 마당의 다른 나무들 사이에
갖다 두었다. 차마 화분에서 나무를 뽑아내질 못했다.

어쩌면 이제 나는 코로키아를 다시 키울 수 없을지도 모
른다. 다시 죽을지 모른다는 두려움 때문이 아니라 이 아
이가 아직도 내게서 자란다는 생각 때문이다. 또 무언가
생겨난다는 게 두렵기 때문이다.

〈코로키아〉라는 시를 쓴 것도 그 무렵이다. 참 신기하다.
이게 좋은 건지 그렇지 않은 것인지는 모르겠지만 시를
쓰고 나면 좀 놓여난다. 이게 좀 얄팍해 보여서 꾹꾹 입
다물고 있고 싶은데, 그게 또 생각처럼 잘 되지도 않는다.

이건 좀 싫다. 내가.

그렇게 코로키아는 나를 떠났고, 세상은 망하지 않았고, 나 역시 그렇다. 앞으로도 그럴 테지만 그 모든 것은 아직은… 이라는 말로 이어지거나 마무리될 것 같다. 그게 내가 그를 기억하는 방식이다.

어떤 밤은 식물들에 기대어 울었다

1판 1쇄 발행 2021년 3월 15일

지은이 이승희 | 펴낸이 윤혜준 | 편집장 구본근
디자인 오필민디자인 | 마케팅 권태환

펴낸곳 도서출판 폭스코너 | 출판등록 제2015-000059호(2015년 3월 11일)
주소 서울시 마포구 월드컵북로 400 문화콘텐츠센터 5층 9호(우 03925)
전화 02-3291-3397 | 팩스 02-3291-3338 | 이메일 foxcorner15@naver.com
페이스북 www.facebook.com/foxcorner15
블로그 https://blog.naver.com/foxcorner15

종이 일문지업(주) | 인쇄·제본 수이북스

ISBN 979-11-87514-61-9 03810